U0922806

爱到深处会缺氧

贾月珍◎著　梁雨晨◎插画

重庆大学出版社

目录
Contents

目录
Contents

目录
Contents

目录
Contents

不敢说再见

他清清楚楚地看见柔笑了，笑得那么幸福，那么甜蜜，笑得令他心疼不已。本来，他以为，柔找到一个美好的归宿，他也即将出国，他们之间终于可以彻底说再见。可是，他依然揪心不已。

“廷，你知不知道喜欢一个人的感觉？”柔看完那个男人发来的短信，一脸幸福地问。

喜欢一个人的感觉，他怎么会不知道？在二十年前他就知道了，在小区里跟柔一起骑孩子车时，牵着她的手一起去学校时，为她抢回小熊橡皮狠揍小胖子时，为她修理脚踏车时……就在两个小时前，把生日蛋糕挂在车把上时……

“廷，你到现在也没喜欢过人吗？试试吧，真的很好哦！”柔用食指沾了点奶油放到舌头上舔，“很甜！”

他心疼，因为她幸福的笑容，还因为两小时前的那一幕。

在来的路上，他以为可以下决心说“再见”了。他想：把蛋糕送去，跟他们一起唱完生日歌，然后祝他们一生幸福白头偕老，酷酷地说“再见”。他一边骑车一边想着，经过咖啡店时向里面瞟了一眼。他曾经幻想过千百次，总有一天，他们也像对对情侣一样，穿着美丽的衣服坐在里面，端着暖暖的咖啡对望。

哦？那家伙，不是跟她订婚的男人吗？他急忙刹车，没错，英俊的脸、伟岸的身材、优雅的手势，正是他。然而他对面的女孩不是清纯可爱的柔，那女孩性感做作、俗不可耐。

“今天是柔的生日，她没告诉你吗？”他不合时宜地站在两个人身边，一身运动服，球鞋上还沾着泥点。

“廷？”男人平淡地看着他，丝毫没有因偷情而不安。

他提着蛋糕的手略向上动了动，握紧的拳头里面满是怒火，眼里也露出一股杀气。

“快给她送去吧，她看见蛋糕会跳起来的！”男人说起她像说一个认识而没什么相干的人。

“她是你的未婚妻！”他愤怒了，狠狠地挖了对面的女郎一眼。

“我知道。”男人仍然沉稳，“别担心，我会娶她的，作为一名王牌操盘手，我最清楚选哪支股会赢！”

他愣在那里，不知道该怎么做。他忽然明白了，这次他依然不能酷酷地和柔说再见！

生日歌唱完了、蜡烛吹熄了、愿望许过了，贴满心形装饰的手机懒洋洋地响起来。她的美好心情被那个男人来的短信激活了，脸上显现出小女人的幸福和甜蜜。

他回过神来，装得开心地问：“他来的？”

柔甜蜜地点点头，略带含羞地把手机伸到他的面前。他看到那些文字：“我今天加班吻你生日快乐”。

连标点都省掉。他被打败了，这可恶的虚伪的家伙！

温柔纯洁如羔羊一样的柔将与一只道貌岸然的狼相伴，他如何能放心？就像七年前，他满心欢喜地告诉柔：“我考上重点高中了！”可柔哭了：“廷，以后怎么办呢？没有朋友怎么办？有人欺负我怎么办？脚踏车坏了怎么办？”

他不在的时候，柔该怎么办？

触手而不及的真爱，唯有永远地守护！

上邪 汉乐府

上邪！

我欲与君相知，长命无绝衰。

山无陵，江水为竭，冬雷震震，夏雨雪，

天地合，乃敢与君绝！

本站不停车

车窗外亮起来，地铁驶进站。

他挤到门边，手里紧紧握着拉箱柄。

他的脸贴在车门上，站台向后退去，等待的行人向后退去。

那女孩怎么了？他不相信自己的眼睛，站台上二十几岁的女孩哭得泪雨滂沱。同样二十几岁的他有好多年没哭过了。他逆人流而行，拉箱不时被穿梭的腿碰得左歪右倾。

两人换乘轻轨，女孩一直望着窗外，长长的湿湿的睫毛在阳光中闪光。他在想学校里那些分手的恋人们，他们此时也在独自痛哭吗？

女孩的外语学校离他的单位只有一站地，他帮她把行李送到她们宿舍楼下。

此后，每个周末，他都去学校门口等她，然后两个人去看电影，去“男孩女孩”餐厅吃饭，女孩一直轻轻柔柔的、文文静静的。他不止一次想，那个弃她而选了上海的哥们真他妈缺弦！

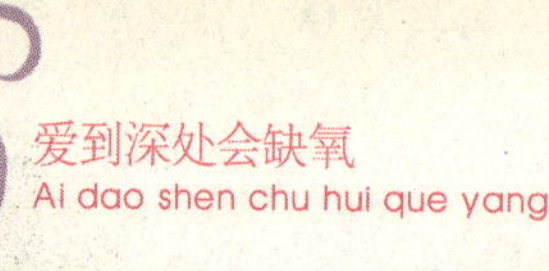

“你毕业来我们公司吧？我们公司有外事部。”他兴奋地把刚刚从部门经理那听到的消息告诉她。

“嗯！”女孩点点头。

“等你暑假去我的家乡好吗？那是一个很美很美的小城镇。”他说这话时紧张得心嘭嘭跳，可还笑站故作轻松。

“可是……我有些担心……”女孩吞吞吐吐。

“担心什么？”

“你妈妈会不会很严肃？”

“当然不会……她很温柔，你们很像……”

“我买到票啦！”他排了半宿，终于买到回乡的两张卧铺票。

“对不起，那个人要我去上海。”女孩眼圈湿湿的。

同一个日子的地铁，车厢里有许多大学生和去年的他一样，拉着行李箱。窗外亮了，列车进站。

“通知：由于施工，列车经过本站不停车，请乘客到下一站换乘。”

车丝毫没有减速，光亮地段一闪即过，他不确定站台上是否有一位哭泣的女孩。

时间、地点、人物、心情，少了哪个都不会有故事发生。

孔雀东南飞（节选） 汉乐府

府吏再拜还，长叹空房中，作计乃尔立。转头向户里，渐见愁煎迫。
其日牛马嘶，新妇入青庐。奄奄黄昏后，寂寂人定初。
我命绝今日，魂去尸长留！揽裙脱丝履，举身赴清池。
府吏闻此事，心知长别离。徘徊庭树下，自挂东南枝。

如果有座桥

如果有座桥就好了，直通到对面的窗户；或者是一根藤条状的绳索，可以顺着绿叶和小花爬过去。

22楼的阳台对着对面22楼的窗户，两栋楼间的距离并不远。她能清晰地看见那人高挺的鼻子、棱角的唇。

她搬来这里的第三天就注意到了：对面窗子里住着一个曾经相识的人。他们曾在中学时坐过前后桌，他们曾在一个城市读大学，她曾经暗暗喜欢他许多年…

他现在做什么呢？设计师？他的屋里有大大的设计架；画家？他的墙上挂着高雅的画；模特？他的装扮不那么超前，却有着与众不同的韵味，这一点他依旧没变。记得中学时的校服极其难看，女生们穿得像孕妇，而男生们则像街头变戏法的江湖术士。只有他，无论穿什么都会把所有女生的目光吸引过去。

他在沉思，凝望着厅子中央的苏铁；他吸了一口烟，啊，烟草的清香飘到她的鼻间；他轻轻地搅动咖啡，先是吃了两粒东西，才端起杯子，像他这样的男人平时肯定很注重保养，他吃的一定是深海鱼油之类……他从小就懂得保养，平时要注意补充维生素，这还是他教她的。

他转身离开她的视野了。她慌了，一分钟看不见他，都有窒息的感觉。

他很快回来了，手里拿着铁铲。他开始给窗前的君子兰松土，为海棠摘除枯萎的叶子。他那专注的神情、温暖的目光，像在侍弄一个刚刚出生的婴儿。一个懂生活的男人！

如果有座桥就好了，鹊桥，每天在两楼之间架起；或者是一根藤，玫瑰藤，可以嗅着玫瑰香爬过去。

“老婆，你一直站在那干什么？宝宝哭了好久啦！”

爱之珍贵在于恰在此时，早了，还没来得及准备，势必一片慌乱；晚了，只能眼巴巴看着最美的那颗果实被别人摘去了，留下人生永恒的伤惋。

迢迢牵牛星 汉乐府

迢迢牵牛星，皎皎河汉女。
纤纤擢素手，札札弄机杼。
终日不成章，泣涕零如雨。
河汉清且浅，相去复几许？
盈盈一水间，脉脉不得语。

一枝梅的标签

从没想到你的手会那么有力，掐得我很疼。你不说话，我不知道该走该留。

白梅树下，我轻抚琴弦，你拨弄吉他，相视而笑，那是我们共同的曲子。花瓣雪扑簌簌地飘下，在微风中旋转、飞舞，轻盈地跳跃。

那是我们合得最好的一次，也是最后一次。只有那次，我的世界最纯，眼里是梅花、心里是梅花。

“我该走了。”

“明天还来吗？”

“不，再也不来了。”

你就冲过来，掐我的胳膊。可是紧闭着嘴吧，不说话。

你说过你是最成功的男人，因为爱你的人和你爱的人都在身边。可是你没想过，当你和爱你的人一起笑的时候，你爱的人正在独自弹琴；当你和你爱的人默契唱和时，爱你的人正在为你的演唱会忙碌、奔波。

你不可以太贪，你应该是完整的你，身心合一。

我认得这正是我头顶迎风颤动的那枝，经过三天的路程，它已经缺失了不少水分，可它仍记得我们的曲子。

再过三天，它会出现在你面前，它将成为一帖特殊的标签。

要得到最美的结局，不妨用梦和思念做最后的句点。

西洲曲 南朝民歌

忆梅下西洲，折梅寄江北。单衫杏子红，双鬓鸦雏色。
西洲在何处，两桨桥头渡。日暮伯劳飞，风吹乌桕树。
树下即门前，门中露翠钿。开门郎不至，出门采红莲。
采莲南塘秋，莲花过人头。低头弄莲子，莲子青如水。
置莲怀袖中，莲心彻底红。忆郎郎不至，仰头望飞鸿。
鸿飞满西洲，望郎上青楼。楼高望不见，尽日栏杆头。
栏杆十二曲，垂手明如玉。卷帘天自高，海水摇空绿。
海水梦悠悠，君愁我亦愁。南风知我意，吹梦到西洲。

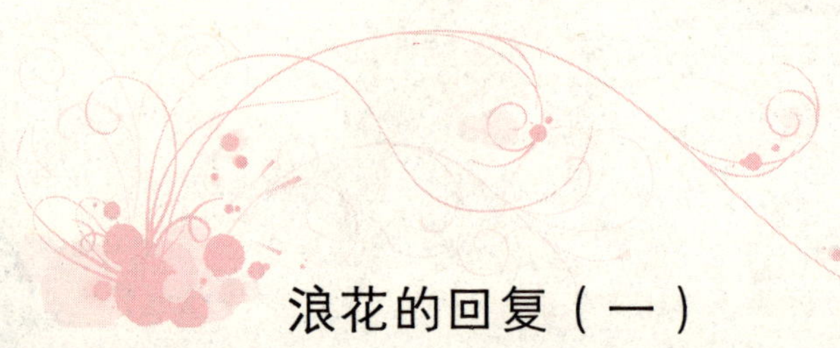

浪花的回复（一）

“亲爱的请等一下，我去试试水性。”

他优美的身姿划进碧绿的水里。他是游泳教练，他教会许多人成为游泳能手，可唯独没时间教她。他将在蜜月里完成这项使命。

他像一条灵巧的鱼，一会工夫，出现在五十米远的地方。

“亲爱的，水温正好。你下来吧！”

她紧紧抱着天蓝色的游泳圈，修长的脚试着伸进水里，立刻缩了回去。

“溪，你过来接我！”

“胆小鬼，等一下啊。”说完，他一缩身没入水里。

海面归于平静，波涛慢慢涌过来，轻轻地舔着她的脚，痒痒的。波涛趁她不注意的时候，把海菜挂在她的脚趾间，无声地退去。

“啊，小贝壳！”她欢快地叫着，“溪，你快点！”

没有回应。

五分钟、十分钟，半小时过去了，溪还没有出现。

“溪——”她向前跑了几步，膝盖以下浸在水里。层层叠叠的浪涛向她涌过来，哗地一声撞在她的身上，激起高高的浪花，把她整个包在中间。

“啊——”她惊叫着摔倒在水里。

啪！啪！浪涛越来越猛烈。大海发脾气了。

“溪，你在哪？”恐惧抓住了她。茫茫海面、寥寥海滩，没一个影子出现，只有海水一次一次地撞击岩石激起丛丛浪花。

“溪，回答我！”她拨打手机。

“无论是现在，还是在遥远的未来……对不起，无人接听！”

“溪，你在哪？快点回来！”她一连发了十几条短信。

惊涛拍过来，“对不起，我现在忙，一会回复你！”十几条回复出现在她的手机屏上。

潮水冲刷海滩，平复所有脚印，却不能平复被判了无期的心。

望月怀远 张九龄

海上生明月，天涯共此时。
情人怨遥夜，竟夕起相思。
灭烛怜光满，披衣觉露滋。
不堪盈手赠，还寝梦佳期。

浪花的回复（二）

他把船划到捕渔区，撒下网，坐在船头，点燃一颗烟。渔鹰飞过来，跳上他的肩，亲昵他的脸。

渔鹰是他最好的伙伴，也是老伙伴，老到一起多少年，他都记不清了。

船桨随意搭着船帮，小船随波摇晃。人、船、鹰，整个是水面上的叶子，那么小，那么轻，似乎经不起丝毫的变故。

然而，他是有经验的渔翁。时候到了，捻灭烟头，收，满满一网。

“喂，大胡子，今天又大网啊！”一起下海的渔民说。

“呵呵，是啊，晚上来我家喝酒哦！”他憨厚地笑着，脸上漾着丰衣足食。

“哎，他一点也想不起自己是谁了？”

“哎……家里人不知道急成什么样了呢。”两个渔民小声嘀咕着，望着他的背影叹气。

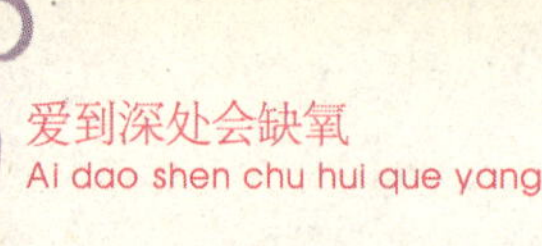

夕阳打在他的背上，勾起坚实的轮廓，像避风的港湾。

同一个海岸，距此百里之外。夕阳打在女人的背上，勾起瘦弱的身形，人见犹怜，她找不到可避风的港湾。

“对不起，我现在忙，一会回复你！”一遍又一遍，来自水下四百米海胆的胃里。

几年前，宁静的水下忽然浑浊，庞然大物徐徐下落，开始有泡泡围绕，后来泡泡没有了。鱼类们惊慌四散后又聚笼，围过来，啃咬他的脸、脚、手……

忽然，一只长嘴伸过来，把他拱起，升上水面。手机从衣兜滑落，沉入海底去了。

他被海豚放在中心小岛上，直到渔民经过。

他因为水下缺氧而丧失了记忆——他什么也不记得了，甚至不知道自己是谁。他跟着岛上的渔民们天亮出海，天黑回来，过着一成不变的生活，他认为自己生来就是渔民。

痛苦和快乐只在一念之间，总是该忘掉的忘不掉，该记起的偏偏记不起。

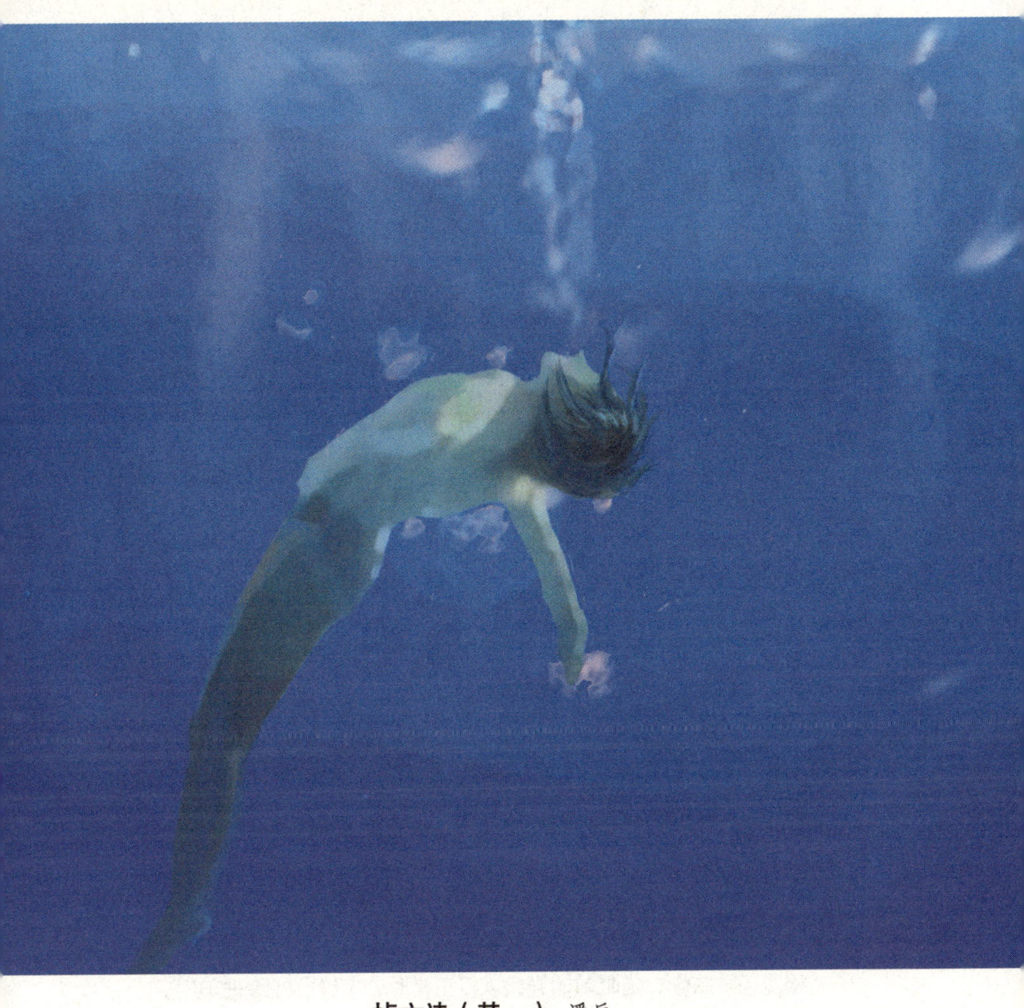

悼亡诗（其一） 潘岳

荏苒冬春谢，寒暑忽流易。之子归穷泉，重壤永幽隔。
私怀谁克从，淹留亦何益。僶俛恭朝命，回心反初役。
望庐思其人，入室想所历。帏屏无仿佛，翰墨有余迹。
流芳未及歇，遗挂犹在壁。怅恍如或存，周遑忡惊惕。
如彼翰林鸟，双栖一朝只；如彼游川鱼，比目中路析。
春风缘隙来，晨霤承檐滴。寝息何时忘，沈忧日盈积。
庶几有时衰，庄缶犹可击。

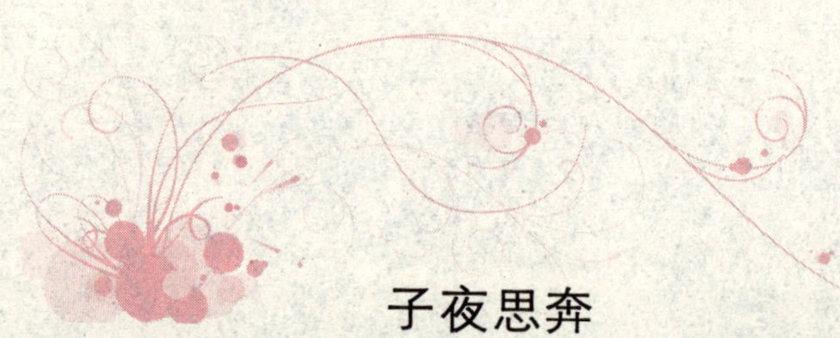

子夜思奔

“不好意思，下班时被科长逮到了。”樱蕊急促地喘气，胡乱地拢头发。

“还好，火车刚鸣笛。”同学们宽宏地安慰她。

“哎，我们科长有名的唐师娘嘛，比唐师父更啰嗦百倍……”樱蕊解释，却一直不敢看送别会的主人公，被送别者宇铮。

宇铮旁若无人，猛然把她抱在怀里。扑通！扑通！两人的心跳冲破厚厚的羽绒服，扰得火车笛都乱了频率。

樱蕊一阵眩晕，当眼前的光线恢复正常时，宇铮已经跨进车门。

樱蕊再也擦不去那水汪汪的回眸了。

“一只羊，两只羊，三只羊……”

“一颗糖，两颗糖，三颗糖……”

“一粒砂，两粒砂，三粒砂……”

睡不着，闭上眼也看得见那眼神，水汪汪的。

初中、高中、大学，他们用了十几年猜同一个谜，没有答案，没料想，谜底公布之时，却在彼此矜持的极限。

三洲歌（其一） 南朝民歌

送欢板桥湾，相待三山头。
遥见千幅帆，知是逐风流。

子夜私奔

“我在西站等你。”深夜的短信。

“啊？！他还没有离开北京？”她弹起来，蕾丝边的被子滑到地板上。

她打开衣柜，劫掳一样把衣服扯下衣架，扔进行李箱。化妆品，也一一收进去，捎带一瓶明目滴眼液。

成千上万的头挤在一起，拥向冒着浓烟的船。女人和男人被冲散了，呼喊着对方的名字。天空中烟尘笼罩，灾难即将上演。这是《滚滚红尘》里的镜头。她蹬在楼板上愣住了，为什么脑海里突然闪出这场面？

女孩拼命挣脱，卡——裙角被扯掉一条。

“傻丫头，不要去，你会后悔的。”老父亲哭着蹲在地上，无力地哀求。

女孩看也没看跑向木板大门。

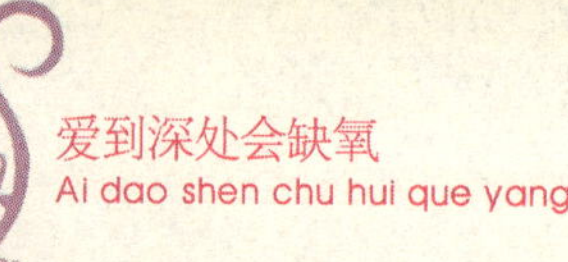

哗啦！哥哥和弟弟把门栓挂上了，二虎把门。

女孩立刻掉转头，一鼓腮帮子，冲上墙，骑着墙头翻了出去。

全家人呼天抢地，从此，樱姓家谱上再没有了女孩的名字。

这是樱家五十年前发生的事，义无反顾地私奔者是樱蕊的姑奶奶。

私奔？樱蕊犹疑了。

“呵——七——”楼下的卧室里传出均匀的呼噜声。

樱蕊蹑手蹑脚挪到门口，轻轻把门关上。很好，没有呼天抢地的生离死别。

“她走了？”

“哎——”

“忌吃不忌打哟！”

樱蕊忌打击，但她仍相信，等他的人绝不会二次爽约。因为——

真爱不出售回程票，回还往复是肥皂剧常用的手法。

三洲歌（其二） 南朝民歌

风流不暂停，三山隐形舟。
愿作比目鱼，随欢千里游。

你不知道我要的

“琳琳，今天有事吗？”

“哦，今天我们去踏青……要不，你也一道去吧！”

“呃……踏青？不错的主意噢……我还是不当路灯了！”

“小颖，今天去哪？”

“嫱，我正要给你打电话呢，他说今天是好日子，要带我去他家，我好紧张哦！”

“是，是吗？那恭喜你哦！”

“悦悦，我们去爬山吧！”

“……嫱，不好意思哈，那个‘回头浪子’约我……”

“这样，祝你好运啊！”

1、3、8、

1、3、6、

1、5、0、

摁了几个半截子号，她把手机甩到床下，站起身。

金色的阳光穿透窗帘，射向凌乱的床，连她的花容也没放过。这么和煦的阳光。

她掀开窗帘一角，像偷窥的孩子，试探地向外望。

一家五口，一家三口，一家两口，手牵着手，嘴角向上翘着，温暖的日子，每个人的脸上都是温暖的。

只有她的脸被纱窗盖上了阴影印章。

眼泪，“你说过要让我幸福，可是现在，我连二百块的裙子也不敢买。”

沉默。

眼泪，“同学都有房有车了，只有我还要交房租，聚会都不敢去了。”

沉默。

“嫱，我换工作了，要驻外，驻外的补助蛮诱人的。”他开口了。

“啊？你换工作也不跟我商量。”她惊愕。

“你哪也不比别人差，别人有的你也要有，你有资格过得幸福。”

不是不够爱，也不是不为对方着想，皆因：爱实在让人迷惘。

闺怨 王昌龄

闺中少妇不知愁，春日凝妆上翠楼。
忽见陌头杨柳色，悔教夫婿觅封侯。

青梅变发小

27年前，她孑身来，27年后的今天，她仍然孑身。

永久定格的画面编在记忆码上，永恒不变的声音缠绕在耳边。

“小格，快点，在墙那边。”男孩的声音跟女孩差不多，清脆婉转。

他们拐过墙角，躲在月亮门里侧，一上一下探出小脑袋。

挂银色腰链的大哥哥背对着他们，长发姐姐的头埋在大哥哥的肩膀下。

“他们在干吗？”女孩问。

“谈恋爱呗！”男孩世故地回答。

“他们要结婚了吗？”女孩又问。

“嗯，他们还要生宝宝呢。”男孩更世故了。

“嘻嘻……”女孩胖乎乎的小手捂住脱掉门牙的嘴。

“小格，我们也结婚吧！”男孩忽然转到女孩面前，像腰链大哥哥那样把她抱在怀里。

“我们也生小宝宝吗？”女孩眨着黑葡萄眼睛。

男孩嗯了一声就嘟着嘴盖在她唇上。

“我们也结婚吧！”这声音从那时便常常在耳边绕，一直绕到她从洛杉矶航班上走下来。

离开七年了，那个月亮门还在吗？

“哎哟！”她风风火火的步子以及飞速转动的行李箱轮子撞到了一位孕妇。

“sorry！您没事儿吧？”她惶恐地道歉，回过身，看见孕妇的丈夫把双臂张开，瞬间支起一道安全的屏障，把孕妇围在里面。

孕妇丈夫转头，责怪的目光射向她。

“小格？！”责怪的眼神变得惊讶，惊喜，惊慌？

“我没事儿，你们认识？”孕妇的手轻放在隆起的肚子上。

“哦，是……”男人欲笑未笑，补充道，“发小！”

变数远没奥数复杂，无需列式演算，只不过是两个词的替换罢了。

长干行（节选） 李白

妾发初覆额，折花门前剧。
郎骑竹马来，绕床弄青梅。
同居长干里，两小无嫌猜。

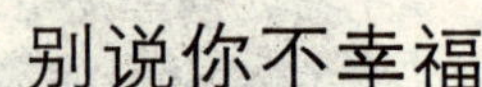

别说你不幸福

该说些什么呢？实在很尴尬，在离婚的第二年，他和她相遇了。几百万人的城市，一个住城南，一个住城北，这么巧遇到了。

“……你还是那么美……”他本想问一问她过得怎么样，却言不由衷。

她苦笑着看一眼他手里的尿不湿和女性用品，“你胖了，看得出很幸福！”

“在外面跑的时间少了……”

“她是能拴住你心的女人，她真的很好……”她的眼睛有点湿，二女争夫的闹剧犹如昨天。

“她……她比不上你……”

“她年轻漂亮又活泼！”她不理会他，只顾说自己的。

“无法跟你的娴静相媲美！”

“她能为你生宝宝！”

他眼神黯淡了，无奈地挤出一丝笑，轻抬手，扬了扬手里的东西，“家有贤妻，好运自来……我的公司破产了……”

她吃惊，语塞。眼神渐渐柔和，再柔和。

“等一等，看一看他此时的表情和姿态是多么熟悉，跟当初求你在离婚协议上签字时的软弱不是一模一样吗？”一个声音在暗影里提醒她。

“别说你不幸福……你一直梦想的不是都得到了吗？我给不了你的，她给你了，别说你不幸福……”她轻轻地重复。

“没错，她给了我一座王宫，她是那尊贵的王后，可我不是国王，是匍匐在地的奴仆……”

又是惊人的不谋而合，曾经，他给过她一座王宫，他是高高在上的国王，而她是无私奉献的奴仆。

她侧身，绕过他，继续自己的方向。

我们常常弄不清自己真正需要的是什么，一直在苦苦追逐的幸福却原是画中画。

上山采蘼芜 佚名

上山采蘼芜，下山逢故夫。长跪问故夫："新人复何如？"
"新人虽言好，未若故人姝。""颜色类相似，手爪不相如。"
"新人从门入，故人从閤去。新人工织缣，故人工织素。
织缣日一匹，织素五丈余。将缣来比素，新人不如故。"

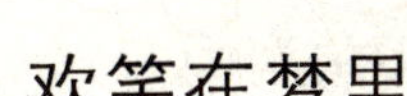

欢笑在梦里

他不是王子，她也不是公主。如果是，也只在一年前。

也许她不该去香港，也许她不该这么快回来，也许她不该想着改变他们之间越来越淡漠的对白……

也许他们不该住在一起，耳鬓厮磨没能让他们晋升为真正意义的“夫妻”，身体靠得越近，心就越远。

偶尔的分开不算坏事，两个月的香港公差，她有了空空的感觉，她疯狂地想被他拥抱。于是，她不再计较临行前邀他同去而遭到冷冷拒绝的尴尬。她兴致勃勃地上街购物，徜徉在商场里，仿若自己是大气的佘诗曼或者富有的钟丽缇。她对着试衣镜挺起胸，她是如此自信，自信自己还年轻，自信他还爱自己。

她买了他喜欢的领带，还有红酒，又在家门口的花店买了一束黄玫瑰，然后做了新的发型。一步一步踩在楼梯上的时候，她沉浸于两人重温旧梦的甜蜜中。

她推开门，轻轻地向前迈步，把花藏在身后，在动作上克隆着去年的他。那时候是他刚刚出差回来，把小矮人藏在背后，就是这么轻轻地轻轻地走向自己。

他没有看她。他在看禁片。一手握着鼠标，另一只手……天呐！他的另一只手正在抠放在椅子上的脚！

“这么早就回来了？”没有温度的话，带着臭袜子的气息。

她的手垂下来，将缠绕着黄玫瑰的领带捧到他面前。

“弄这些虚头八脑的东西干吗？”他只是瞟了一眼就立刻把目光转向电脑。

他的话变成结结实实的冰块飞过来，击碎了她的美梦，重重地撞在她的胸口上。她没有流泪，泪已在心里冻结。她的行李箱贴都没贴一下家里的地板，就调头了。

深秋的路边，有一个女孩，坐在她小小的行李箱旁，孤单地等着计程车。

渐行渐远，当我们不想孤单时就越发孤单。

更漏子（其二） 温庭筠

星斗稀，钟鼓歇，帘外晓莺残月。
兰露重，柳风斜，满庭堆落花。
虚阁上，倚栏望，还似去年惆怅。
春欲暮，思无穷，旧欢如梦中。

风在敲打我窗

来到高原已半月有余，他仍然头晕，高原反应来得猛退得慢，好在今晚终于有了睡意。

恍惚间听见自己的呼噜声，略睁开眼，呵，没关系了，只有自己，震掉房顶也不会有人烦——这里是离家三千多千米的高原。

噼啪，噼啪……

谁在敲打窗子?

像这样窗户噼啪响的时候，她肯定紧紧握着那把没开刃的匕首，趴在枕头上一动不动。

以前，他经常跟几个哥们喝酒到深夜，多半是大醉回家，倒头便睡。妻就一夜不眠，忐忑不安地听着各种细微地动静，一滴水都会令她惊恐地瞪大眼睛。

有一次出差三天，回来时，儿子哭着求他："爸爸你别走了，我怕……"

“妈妈在呢，怕什么？”

“妈妈把刀子放在枕头底下，我怕……”

他取笑妻子幻听，而今天，轮到他幻听了。当他惊慌地摸起手电筒时，咵地一声，窗户大开，呜——猛烈的风夹着硬币大的雨吼叫着扑进来。

他踉跄着走过去，把窗子关上。外面鸡飞狗跳。

清晨，风停雨歇，太阳热烈。隔壁的房顶不见了。在高原，大风掀掉房盖像睡觉打呼噜一样平常。

没有呼噜遮盖夜里的声音，妻又要失眠了。

爱是习惯，习惯了骚扰，骚扰便是爱了。

月夜 杜甫

今夜鄜州月，闺中只独看。
遥怜小儿女，未解忆长安。
香雾云鬟湿，清辉玉臂寒。
何时倚虚幌，双照泪痕干。

走过红毡

轻轻推开礼堂的门，坐在乐谱前，拿起琴。

入学庆典像在昨天，台下坐满握着入学通知书的新生，一张张饱含期待的脸。他们期待这四年能收获立足世界的资本、爱情的花或者果。

一曲《天鹅湖》，全场沸腾。

仰慕短信挤暴手机内存，鲜花铺满了女生楼走廊。在同学的生日party上，在学校大小庆典上，在校门外的店铺开业时，在酒吧的觥筹交错中……

她赚够了立足世界的资本，早在大三时就签约了一家有名的音乐公司，可是她没有时间谈爱，她屏蔽了一切短信。

毕业前的半个月，她在一个男孩的婚礼上演奏了《爱你一生》，目送他牵着女孩的手走过红毡，走出礼堂。

那个男孩，曾经问过她："可不可以牵你的手？"她反问："一手握琴，一手握弦，哪有手给你牵呢？"

一步，一步，踏踏实实走在红毡上，放下了琴弦的双手，谁来承载？世界上，肯去承载的人不多，当你有幸遇到了，千万不要错过。

李凭《箜篌引》 李贺

吴丝蜀桐张高秋，空山凝云颓不流。
江娥啼竹素女愁，李凭中国弹箜篌。
昆山玉碎凤凰叫，芙蓉泣露香兰笑。
十二门前融冷光，二十三丝动紫皇。
女娲炼石补天处，石破天惊逗秋雨。
梦入神山教神妪，老鱼跳波瘦蛟舞。
吴质不眠倚桂树，露脚斜飞湿寒兔。

人生小站

岩跟着老公上了火车，水杯、水果袋、瓜子，一样一样地摆在餐桌上。

老公被公司派去了南方的一个城市，那个城市对老公来说很陌生，可对岩来说却很熟悉。她在那里度过了四年的大学时光，最后带着感情的伤痛逃到北方。在孤苦无依的时候遇到大哥哥一样的老公，幸福地做起了小妇人。

可是，自从老公谈到要去南方工作时，她的心再次不能平静。

她偎着老公，心里乱如线团。

老公揽着她的肩："看你可怜兮兮的样子，我怎么能放心，快点把那份工作辞了吧。"

岩有着一份鸡肋样的工作，老公的薪水足能让她过得很好，可是在那些老公失业的日子里，他们是靠着这份不起眼的工作渡过难关的。

车在排气，就要开了。

岩下车，找到老公所在的窗口，看着窗口里的老公不说话，老公催促着：“回去吧。”却拉着她的手不松开。

车动了一下，老公松开手。

岩也下意识地向他的身边看了一眼，像触了电一般。老公身边那个人一直在目不转睛地看着她。

那是一张快要忘记却又深埋在心底的脸，也是压在岩心头的一把刀，这把刀曾经在她的心上割过，也沾过她心口上的血，现在，这把刀突然被拎了出来。

南方的那座城市，原来有一个跟她生命有关的人，现在有了两个。

时间真的能平复一切吗？也许，那个记忆，不管你愿不愿意，它一直在你心底。

竹枝词二首（其一） 刘禹锡

杨柳青青江水平，闻郎江上唱歌声。
东边日出西边雨，道是无晴却有晴。

废墟上的梦

“燕儿，事情办完了，已经订了明天的票。”

深爱中的他们还是第一次分开，前前后后一周的时间，她每天都会梦到他。

他调皮地从她身后跳出来。

他几步冲进电梯，飞速摁合，“拜拜”，冲着气鼓鼓的她摆手；一会功夫，电梯升上来，门开，是他夸张地口型：“哇！美女，这么巧呀！”她大骂他无聊，却甜蜜地笑。

她走出试衣间，期待地等着他的意见。他左看看，右看看，“大婶，这件衣服让您看上去年轻十岁哟，像47！”汗！她才27。

他拉着她一口气冲上办公楼的最顶端，对整座城市大喊：“我要那个叫燕儿的丫头做我老婆——”莫名其妙的雾袭来，把他包抄了，啊！他不见了！

她惊慌地坐起，紧紧抱着枕头，再也睡不着，一个恐慌的午后。

铺天盖地的“地震”“地震”、“汶川”“汶川”。

她立刻拨他的电话，无法接通，无法接通，无法接通……

整整一年，她无数次坐在废墟上，睡在瓦砾中，一遍一遍地温习——噩梦。

陇西行（其二） 陈陶

誓扫匈奴不顾身，五千貂锦丧胡尘。
可怜无定河边骨，犹是春闺梦里人。

求你看我一眼

他一路欢喜向家奔。

温暖的小窝，是他跟她的爱巢。他亲手在门口贴上大红喜字，亲手把她抱进门。

在小区超市，他买了一条鱼、一只瓜、一包荷兰豆。一整天，他都挂在美食坊的网址上，搜到这两道菜，一遍一遍地背诵烹调步骤。

系好围裙，戴好厨师帽，手举饭勺，对镜望一眼：呵！世界上最帅的厨师就在这屋里呢！

最帅的厨师当然要做出最美的菜肴。

菠萝鱼、西瓜蒸饭、蒜香荷兰豆，真是色香味俱全。

鲜花瓶子摆在桌角，一脸微笑地坐等她回来。

咯噔，咯噔，清脆的皮鞋声在走廊里响起。他一转身旋到卧室，随手抓起《新婚宝典》，斜倚在床头，姿态犹如《英雄》里的发哥轻倚枝条。

钥匙插进匙孔，门开了。

“哎——”一声长长的叹息。

他侧了侧头，旋即退回原姿。

咣啷！咣啷！两只鞋摔在地板上。

她进了书房，嘟地一声，是电脑启动的声音。半分钟后，传来噼里啪啦的键盘声。

他依依不舍地放弃坐姿，轻轻走进书房。

她头发凌乱，风尘仆仆，目不转睛地盯着屏幕，“咦？你已经回来了？”

他环抱住她，亲吻着她的脖子：“先吃饭再做好吗？”

“你先吃吧，我得在九点前把稿子赶出来，那边等着排版呢。”她的手一点也没有停歇，她是日报记者。

“宝贝，先吃饭吧，你这么辛苦我心疼。”他的臂环收紧。

她侧头符号般亲了一下他的脸颊：“你先去吃，乖！”

“老婆，你就那么忙吗？求你看我一眼好吗？十个小时没见了，你不想我吗？”

键盘上的手悠然间停下了，只有光标单调地闪、闪、闪……

男人的撒娇，女人从来都挡不住。

闺意献张水部 朱庆余

洞房昨夜停红烛，待晓堂前拜舅姑。
妆罢低声问夫婿：画眉深浅入时无？

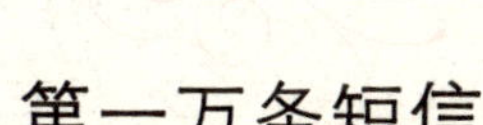

第一万条短信

车抛锚，卧在高速公路上。

这条穿行于崇山峻岭间的公路，是他作为工程师刚刚完成的项目。为了修建这条公路，他整整三年没有回家。

灰蒙蒙的天，雪花片片飘下，落在公路上，落在车上，落在他的大衣上。有黑色的大衣衬底，他生平第一次看清雪花的形状。他立刻拿出数码相机，拍下了雪花的近照。他要把这个带回去给儿子看，给他讲雪花的故事。

说起儿子，他现在一定很高了，走的时候还是个小不点儿，可现在，已经上初中了，在博客里还试着谈论爱情呢。

春节前夕，荒凉的山野，冷冷的雪天，新修的公路，有谁会经过？只有像他这样久未归家的人吧。

嘟嘟——嘟嘟——幸而手机还有信号。

“你到哪了？离家还有多远？”是妻子的短信。

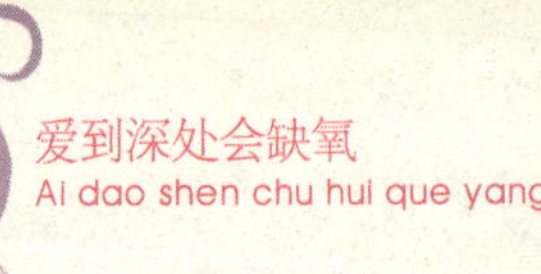

妻子变什么样了？他无法想象，拿出照片看看，是三年前的样子。近来，他每每试图想象她，都是方方的手机屏。更深一点想，是很久很久以前青梅竹马的情景。

怎么回复？车坏了，下雪了，被困在自己修的路上了，他们母子会怎样的担心和失望？三年了，一千多个日夜，他们就是这么担心地过着，他不能让他们再多一点焦急。

“快了，很快就到家了。”发送……

他忽然记起，三年里，这是他发给妻子的第一万条短信。

久别的面容，渐渐模糊，久违的爱恋，越来越深刻。

夜雨寄北 李商隐

君问归期未有期，巴山夜雨涨秋池。
何当共剪西窗烛，却话巴山夜雨时。

再燃一根烟

梦中忽然惊起。

摸到烟盒，点燃一根烟。一阵剧烈的咳嗽。睡前一根烟，仍然不能成眠，再燃一根。

月光稀疏。蓦然抬头，他心中收紧。窗前的雕像俨然在哭泣。

是的，她在哭泣，清清的两行泪流过眼睑，顺着鼻翼滑过嘴唇，亮晶晶地甩在空气里，亮晶晶的。

朱唇微微颤动，无声的哭泣变成抽泣。

她缓缓抬起手，拉住他的衣袖："请不要走！"

不能不走，她是他的答辩论文——她身体的雕塑是他的作品。

作业完成，就要回去交差。

没有承诺，因为他不知道会不会回来，也还没有弄清是否已爱了。

他以为只是作业的需要，需要她完美的身体。

他的作品并没有过关，他要重新做另外一个。

没有过关的原因是人物表情不够真切，不够悲伤、不够哀怨、不够留恋，因为那不是她的真实表情。她真正的表情被他忽略了。

心绪杂乱。另一个作品要做什么？

为什么她的眼泪流个不停，浸过迷雾掩盖的视线，浸入烟草气味弥漫的喉咙，再继续浸透着。

曾经的爱不算最痛，最痛的怕是失去后才发现，曾经有过爱。

无题四首（其一） 李商隐

来是空言去绝踪，月斜楼上五更钟。
梦为远别啼难唤，书被催成墨未浓。
蜡照半笼金翡翠，麝薰微度绣芙蓉。
刘郎已恨蓬山远，更隔蓬山一万重。

有情总被无情伤

空荡荡的跑马场，一人一骑。

没有发令枪，他仍然规规矩矩地等在起跑点，等待女人的口令，他不甘心自己的失败。然而，马终于耐不住，撒腿冲了出去。可是，比赛还没有开始，就已经结束了。

是啊，不要犹豫什么，余晖渐逝。只是，当他明白这一点的时候，结局已定。

他是千里挑一的骑手，他有信心能赢过那小子的。他伏在马背上，耳边风声猎猎，奋力向前冲，一圈一圈，他领先于对手，与其说他的马好，不如说他的爱更多。

“啊——”她在看台上疾呼。

他猛勒缰绳，疾停，扬头——她出了什么意外吗？

她已经站起，双手掩住嘴，惊讶地眼大双眼。

他顺着她的目光转移。

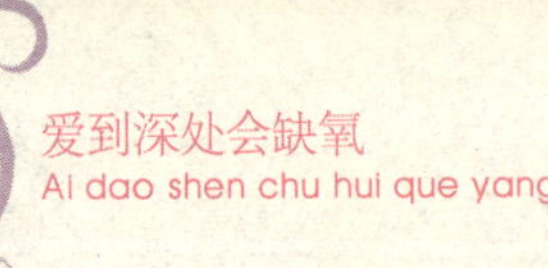

那小子猛提缰绳，坐下的马腾空扬蹄，一纵跃出护栏，向广阔的草场跑去了。

是马突然嚎了，还是他有意放弃?

他心中略略窃喜，对手中途自动出局，他是赢家，这无疑。

然而，猜得中开头，猜不到结局。

她竟然不顾一切地跳过观众席，不顾还在跑道中的他，向草场深处追去，长发在风中飞起。

“心怡——”他徒然地呼唤。她连头也没回，眼看着跑到地平线尽头。远远地，那小子和马折回来，一弯腰，把她抱上马，双人一骑，疾驰远去。

余晖一寸一寸消逝，一人一骑，泪水恣意奔流。

要么相伴，要么思念，如余晖逝尽，明日再来。一生真情，仅系于一人。

菩萨蛮 元 萧淑兰

有情潮落西陵浦。无情人向西陵去。
却也不教知。怕人留恋伊。
忆了千千万。恨了千千万。
毕竟忆时多。恨时无奈何。

对不起

“大哥，就是这娘们儿！”

小胡子把女人推到他面前。

“上次就是她给条子打电话，三子白白地送了。”小胡子用力踢女人的腰。

“是吗？褂子给什么价儿？”他漫不经心地瞟了她一眼。

“这个数。”小胡子伸出大拇指和食指。

“这小瘪三越来越抠门儿。”他汗涔涔的手捻着脖子上的金链子。

“是啊，不过这个女人怎么说也风韵犹存呢。”说着，小胡子邪恶地笑着，把癞蛤蟆舌头伸到女人的脸上。

被绑缚了手脚的女人目眦欲裂地瞪着他，瞳孔放大，变成怒火之孔，强力向他喷射。

他的脸被烧到了，手被烧到了，心被烧到了。

“哈哈哈哈……”他大笑着把留在喉咙里的酒震下去。

扑——女人的痰啐在小胡子脸上。

“他妈的，臭娘们儿！”小胡子恶狠狠地给女人两个耳光。

“来，喝酒！”他端了一杯酒伸到小胡子嘴边。

女人没有泪，没有恐惧，只有恨，只有咬牙切齿。

他不能阻止，不能解释，连一丝悲伤也不能流露。他要得意地笑，狰狞地吼，痛快地喝，因为他是潜入贩毒团伙的卧底。

世界酷刑之最莫过于看着最爱的人被摧残而不能伸手，还要故作欢笑。

马嵬（其二） 李商隐

冀马燕犀动地来，自埋红粉自成灰。

君王若道能倾国，玉辇何由过马嵬。

没有为什么

“请等一等！”

蝴蝶结的平底格子鞋轻盈地跃到电梯口。

他用力按住钮，让电梯门停在半开状态。

“谢谢！”声音像跳跃的蝴蝶。

13、12、11、10……

他不拒绝地呼吸她身上的味道。

电梯运行停止，铃——

她走出电梯，他跟着走出。她向左走，他向右走。

第二天。

“请等一等！”

耐克鞋腾腾腾健美地弹到电梯口。

她用手指中最粗壮的老大按住按钮，让电梯门完全缩在两侧。

“谢谢！”声音浑厚而圆润。

13、12、11、10……

他用力呼吸从身后散过来的女性味道。

电梯运行停止，铃——

他走出电梯，她跟着走出。他向右走，她向左走。

每天，每天。

他（她）走出公司，进电梯口时放慢脚步，向走廊另一端张望。

他们相视而笑，一起跨进电梯，一起扬起下巴，目光捆在一起望着数字变小。

电梯运行停止，铃——

他牵住她的手。

他们向左走；他们向右走。

一年后，

整个写字楼里只剩下他们俩。

蝴蝶结的平底鞋无视电梯上下，跃进他的公司。

他把台历、台表、笔筒装进大纸箱子里。

铃——

“电梯来了，你先走吧！”他忙得顾不上看她。

“为什么？”

咔！咔！他用一截一截拉开的胶带纸作为回答。

不爱了，就是不爱了，没有为什么。也许其中一个变了，也许都变了，也许谁都没变，只是淡了，倦了。

长相思 白居易

汴水流，泗水流，流到瓜洲古渡头。吴山点点愁。
思悠悠，恨悠悠，恨到归时方始休。明月人倚楼。

英雄经不起雨季

剧烈的疼痛使他不能成眠。

滴答，滴答，房檐上垂下的雨滴将寂寞渲染成凄凉。

起身，点燃最后半支红烛。烛光渐强，映照着一张黑黄的因胃痛抽搐的脸。

就让我一个人悄悄地离开吧。这么想着，他逃离都市，逃离荣光环绕，逃离刻骨铭心的爱。只为不留叹息。

翻开相册，一张张生动的剧照。他是一位红透半个地球的演员，他演过店小二，演过神出鬼没的侠客，演过冷面小生，演过多情公子。他做出各种表情，却只有一种爱情，他只爱一位女子。

那女子平凡得不能再平凡，她不是才女，也不是靓妹，她是公交车上忙忙碌碌上下班的众人之一。她用波澜不惊的心给他安稳，让他时时看清星光闪耀的形骸跟常人一样渴求温暖。

她陪他去挂号、化验，然而，他要自己取回化验单，趁她不注意，逃掉。

焦糊的气味在屋子里弥漫，五彩斑斓的画面一点点变黑，成了一团团胶液。怎么样的光彩都会成为过去，终究只是一捧灰，一块泥。英雄经不起雨季。

一叶叶，一声声，雨滴渐息。一页页，一生生，如同从繁华广场上撤下的过季矮牵牛，在无人注意的野外，寂然离去。

当我们坚强地想独自承受时，却是最脆弱的时候。

更漏子 温庭筠

玉炉香，红蜡泪，偏照画堂秋思。
眉翠薄，鬓云残，夜长衾枕寒。
梧桐树，三更雨，不道离情正苦。
一叶叶，一声声，空阶滴到明。

没有方向感的女孩

“茗，到哪了？”

“咳，在十字路口，该往哪边拐呀？”

“在大中电器那个路口吧，向东拐，走到红绿灯再向南……”

“停——停——别跟我说东西南北，只说向左向右！”

“咯咯……知道了，没有方向感的感性女孩！”

两个没有方向感的女孩相约去看桃花，这个季节正在举办桃花节，她们称其为“桃花劫”。茗相信感觉，她说感觉最重要；而菁理性，她说要全面衡量才决定投入多少感情。

“喂，要不你在这里抛绣球吧，你看这满林的红男绿女，没准能砸中某位金科状元。”菁的话还没落，茗已抖落满头的花瓣，向着修长的身影奔去。

一位红棕头发的少年把高倍相机对准怒放的花朵。专注的神情，明亮的双眸引来99岁以下9岁以上的男女老幼驻足，他比桃花还养眼。

“哦，你的劫难这么快就来了？”菁狠盯那男孩，的确超帅，但菁认为，超帅的男孩也超不保险。

“那有什么，哪怕相爱一天就被甩掉也值！”茗两眼放光。

“色字头上一把刀哦！”菁狠狠地挥着手，横空劈月，“只怕你到时候身陷泥沼，不能自拔！”

茗的眉心泛上一丝忧伤，仿佛马上面对红棕头发的少年了，继尔莞尔媚笑：“有伤痕才能成就真正的人生！”

菁摇头：“没有方向感的女花痴！”

爱是什么？是飞蛾扑火，用生命交换灰飞烟灭，只求亲近热烈的一刻。

思帝乡 韦庄

春日游，杏花吹满头。
陌上谁家年少，足风流。
妾拟将身嫁与，一生休。
纵被无情弃，不能羞。

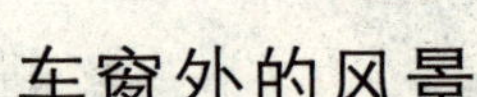

车窗外的风景

打拼数载，终于从漂泊转型定居。

脚步不能停，还要努力，为了把远离城心的房产由30%升级成100%。

匆匆地洗漱，匆匆地穿衣，匆匆地打领带，匆匆地叼一片面包，匆匆地背起电脑，匆匆地冲进电梯。出了电梯，再匆匆地挤上城铁。

城铁里很满，拥挤着同样睡眼惺忪的挣扎人。

城铁的窗很干净，很透明，窗外的风景穿梭上演。

城铁经过几个社区。忙碌的交警、拥堵的汽车、沿途阳台上晾着小孩的尿布。

城铁跨过护城河。河里浓绿的水奔腾而去，滋润了两岸的植物。不管是园林工人精心栽种的花卉，还是屡除屡长的野草，都茂盛如常。

雨歪歪斜斜地撞在窗玻璃上，碎开，变成不规矩的水柱向下划。不规矩的形状将五彩缤纷的颜色不规则分散。那些被打落的花瓣红黄交叉，绿色则欲意朦胧将其覆盖。

如曾经的感情，精心培育，吐蕾盛开，却被匆匆而来的雨打落，散了一地。还没来得及寻回彼此，就被节节长出的艰辛覆盖，任怎样挣扎，也无法摆脱了。

不知道，曾经爱哭的她，是不是还用泪水卸妆，还靠一杯杯酒来打发时光?

知道了，又能如何？知与不知，痛与不痛，都没奈何。谁也逃不过生活的打磨。

相见欢（其一） 李煜

林花谢了春红，太匆匆。无奈朝来寒雨晚来风。
胭脂泪，相留醉，几时重。自是人生长恨水长东。

未完作品

她开门下车，一气跑进楼门，没有回头。

秋夜的风将她弥留的味道冲散了。

寂寥的街上，冰雨淅淅沥沥。

他在自家的楼下停车，望望后座上的梧桐叶，它们离开母体，生命将近。

她说："我们去采梧桐完成那件'独上西楼'吧。"

"独上西楼"是他们春天就计划好的花艺作品。她说要选秋天的叶子做材料最好。

他把车调头，返回工作室。

梧桐叶子放在操作台上，插花海绵是昨天浸好的。

剪枝。她没说剪什么样的底座，也没说剪什么样的屋檐，还有"独"，是花独，还是枝独。他揣不到她的心，无处下剪。

剪刀在她的手里才灵利，花材在她手里才适合，他熟悉染色和折

铅丝的工作。

她把剪好的花材用铅丝穿好，造型，插进花海绵里，花泥加固。他们的作品，每一件都是他们的孩子，含着他们的爱诞生。

光有染了色的海绵和折成形的铅丝无法完成作品，而未经雕琢的花材是无法完成的作品。

相见欢（其二） 李煜

无言独上西楼，月如钩。
寂寞梧桐深院锁清秋。
剪不断，理还乱，是离愁。
别是一般滋味在心头。

一醉行千里

“不要再喝了。”她担忧地望着他。

“没事，喝醉了正好上车睡觉。”他说着，一扬脖，整杯干了。

“你别再喝了，最近火车上很乱的，丢手机丢电脑的很多……”她抢过他手里的杯子，劝完他，自已倒先喝光了。

他徒然地把手伸在空中，眼圈红了。

她的泪滚进杯子里，混入酒里，倾进肚子里，有酒的辣，有泪的涩。

“我没事，一醉行千里，可是你……别喝了，女孩子会很失态的。”他说着却没有阻止她续酒。

“正好一睡不醒。”她不敢看他，四目相对，无疑是打开闸门，泪水就会狂奔而下。

他又拿来一只杯子，勿自倒满，一杯接一杯喝起来。另外几个男男女女怔怔地看着他们，本来是朋友们送行，变成相恋的两人拼酒了。

“江南风景美，在那如诗如画的环境里，人的心态会放松。”

“心里的遗憾太重了，再美的景也看不见。”

“江南多美女，会有更好的女子爱你。”

“爱我有什么用？我已经没有爱跟她们交换了。”

“这样只能让我更有负罪感，我不能抓住你不放，也不能远控你的快乐。”

“喝吧，醉了，就有更充分的理由不去理会什么美景、美女了，省得累眼累心。”

大多数物件都是越改进越精美，只有爱情，一次比一次差。

雨霖铃 柳永

寒蝉凄切，对长亭晚，骤雨初歇。
都门帐饮无绪，方留恋处，兰舟催发。
执手相看泪眼，竟无语凝噎。
念去去千里烟波，暮霭沈沈楚天阔。
多情自古伤离别，更那堪、冷落清秋节。
今宵酒醒何处，杨柳岸、晓风残月。
此去经年，应是良辰好景虚设。
便纵有、千种风情，更与何人说。

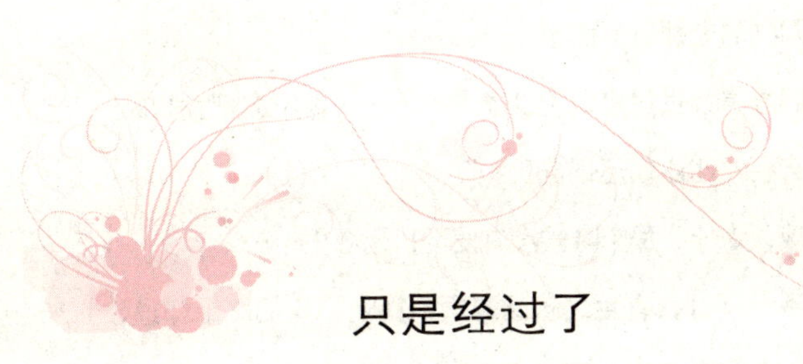

只是经过了

海风从航轮的窗户吹进来，可是他却无比烦闷。

走廊里时时传来欢笑声。是一群男孩女孩肆无忌惮的豪饮，是某老年旅游团清脆地甩扑克，是情侣们放荡的沉醉。

整艘船上，他算最阔绰的了吧，因为只有他包了单间，对面是空空的整洁的床，拖鞋是成双的，杯子是成对的，牙具也有两套。他用完自己的，再把另一副用掉。可是，他仍然孤单。

刚刚起航的地方算是目的地？起点？中间小站？它曾经顺流而下，满怀喜悦在那儿靠岸，凭着想象，轻而易举于人群中认出了她。她特意梳了照片上的发型，穿了照片上的流苏裙，而就季节来说，应该是穿薄纱裙的。一袭春装的她引得行人频频注目，所以，他轻易就认出了她。

他们像两小无猜一样手牵着手，谁也不觉得对方陌生……实际上，他们已经15年没见了。即使是15年前，他们也只是坐在同一个教室里，听同样的老师讲课而已。

“刚好办事经过这里，所以停了一下……你不会把我想成……”

“怎么会？谢谢你还记得我。”

“是哦，为什么那个时候没有发现自己心里……”

“是哦，不过，有生之年能醒悟不算晚，我们终于知道，原来有个人早已在心里植根。这要谢谢网络。”

“我们那会家长管得太严……”

“严有严的好处，如果不严，你也不会有今天的成就。”

“那些光环跟网络虚拟世界异曲同工，我人生的另一半仍然空缺。”

“……你经常经过这里吗？”

“不，只这一次。也许以后会经常经过，为你。”

“我只是在他和孩子睡着后偶尔经过网络……”

原来，

这并不是他的故乡，更不是他的目的地。

有些人注定只是经过，曾经并肩进进出出同一间教室，曾经试卷挨着被老师抱在手里也无济于事，只是你经过了我，我经过了你。

八声甘州 柳永

对潇潇暮雨洒江天，一番洗清秋。
渐霜风凄紧，关河冷落，残照当楼。
是处红衰翠减，苒苒物华休。
惟有长江水，无语东流。
不忍登高临远，望故乡渺邈，归思难收。
叹年来踪迹，何事苦淹留？
想佳人妆楼颙望，误几回、天际识归舟？
争知我，倚阑干处，正恁凝愁。

身越近心越远

为什么你不再欣喜地看窗外的梅花正开，为什么你不再眯着眼睛欣赏夕阳有多美？你抱怨这里的空气太干让人心焦，你咒骂这里天天下雨让人胸闷。

为什么你看不到我眼里的忧伤，为什么你无视我一直在努力？努力把这只属于你我的世界建成人间乐园。你总是说我目光短浅，胸无大志，没有责任感。

可是，你没看到自己被欲望折磨的脸，恐慌，心痛。

你不知道有一个需要你的人，你也不在乎。

你嘴角的冷笑是刀，刺伤了我的尊严；你无所顾忌地电话，浇灭了我的热情；你纤纤玉指上下反转，情人钻戒的光芒揉碎了我的整个世界。

你竟然甩开我的手，独自撑起双人伞，摔门而去，为我腾出一条不明方向和终点的奔跑线。

千疮百孔的身体如何能抵挡破门而入的凄风苦雨?

踢倒了画架，碰翻了水杯，打碎了百合花盆，我终于推开沉重的窗。

还是晚了，雨雾蒙蒙，花瓣落寞，青山隐秘，惟不见身影。

多年的思念被短暂的厮守磨尽了，只剩下抱怨、悔恨，身越近心越远。

踏莎行 欧阳修

侯馆梅残，溪桥柳细，草薰风暖摇征辔。
离愁渐远渐无穷，迢迢不断如春水。
寸寸柔肠，盈盈粉泪，楼高莫近危阑倚。
平芜尽处是春山，行人更在春山外。

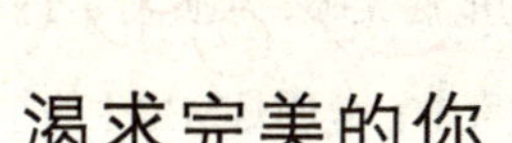

渴求完美的你

他阅女无数。

每天进出电视台的美女数也数不过来，有的清纯可爱，有的成熟稳重，有的风姿绰约，有的性感神秘……可是，他没法对她们产生兴趣，因为他看得清这些所谓女人味背后的戏码。当他把摄像头对准这些女人时，他目睹了她们调整表情的细微过程，不管最后定位的笑容多么迷人，他难以忘记之前的变形与扭曲。

“曾摄像，马上开始了。”女主持娇媚地喊他。

他掐灭烟，扛起摄像机，缓慢地走进摄影棚。

“鲁豫有约”样的格局，所有人都到位。

“开始！”导演一声令下，主持人轻启樱唇，灯光打在被访者的脸上，他的头贴在摄像机上。

镜头里的女孩是幼儿园老师，身形与职业都跟管闲事不搭边。在路上看到骑车人把老人撞倒后，急匆匆地跑了，她疯一样蹬自行车追上去，揪住那人一起扶老人去了医院。这仅仅是她事迹中的一件，肇事的小伙子骂她母夜叉，可她被小城居民称为女侠。

之前，他听台里人说起今天的专题，他想她肯定有着球员一样的体魄，夸张地男性化的浓眉大眼，但此时，进入镜头的她局促不安，无助地望着场地中间的桌子，分明是怯生生的小女生。

这些人搭错了哪根神经，为难这么楚楚可怜的女孩？他内心对台里所有人不满起来。

录制结束，他装作无意地翻看主持人的笔记，迅速记下她的联系方式。

爱的过程是这样的，最初你只是为对方的一点吸引，随着接触，这点慢慢扩散，不知不觉中，你爱上他（她）的全部了。

关雎 《诗经·周南》

关关雎鸠，在河之洲。
窈窕淑女，君子好逑。
参差荇菜，左右流之。
窈窕淑女，寤寐求之。
求之不得，寤寐思服。
悠哉悠哉，辗转反侧。
参差荇菜，左右采之。
窈窕淑女，琴瑟友之。
参差荇菜，左右芼之。
窈窕淑女，钟鼓乐之。

你一定要幸福

我一早便起来整理桃林，因为辗转未眠。

村里喧闹的人声、车声、鼓乐声，你正被簇拥着披上婚纱，对着母亲洒泪，然后，矮身坐进披戴花团的轿车。

桃花正艳，花间隐现着你明亮的眼，你是舒畅的女人；

桃花粉到极致，花间有你穿行，伴着笑声，你是快乐的女人；

桃花流香四溢，花下休憩的你，浸在芳香里，你是安宁的女人；

新桃花俏立枝头，早开的便纷落，把春光成全他人，你是幸福的女人。

你一定要做幸福的女人。

……

如果你感到不开心，别忘记家乡的桃林里，有个为你手捧幸福的人。

明明捧好了幸福要给那个人，他却走了。所以不甘心地盼，盼什么呢？是盼着他找到了别的幸福，还是盼着他不幸，好把自己的送出。

桃夭 《诗经·周南·桃夭》

桃之夭夭，灼灼其华。之子于归，宜其室家。
桃之夭夭，有蕡其实。之子于归，宜其家室。
桃之夭夭，其叶蓁蓁。之子于归，宜其家人。

真的累了吗

“姣姣，你又要加班呀？”

“呵呵……”她苦笑。

冷冷的设计台对她撇嘴。

工作真的能麻醉吗？故意错过公交车高峰，绕开穿过繁华街市的街道，为的是不必遇到对对情侣。

她在设计图上修了几笔，一把扯下来，揉碎了。天天加班却始终拿不出作品，服装公司催得嘴都磨出血了。

落寞的鞋踩着空荡荡的走廊，停在门口，孤单的钥匙插进锁孔。

橙色的床，粉嫩的窗纱，胖滚滚的大QQ，鱼缸里无精打采的鱼。

曾经，粉的窗纱在微风中晃动；橙的床上洒满朝阳，大QQ总是在夜里被踢翻到地上，鱼在缸里没日没夜地欢蹦而游。

一去杳无消息的你会不会出现？老套的突然惊喜可能消尽这疲倦？

思念久了会累，累久了便不会思念了。

虞美人 秦观

碧桃天上栽和露，
不是凡花数，
乱山深处水萦回，
可惜一枝如花为谁开？
轻寒细雨情何限，
不道春难管，
为君沉醉又何妨？
只怕酒醒时候断人肠！

未解的灯谜

156只纱灯，他要准备156条谜语。

“去年的全都被猜出来了？”公园园长问。

“没有，有没猜出来的。”

“没猜出的不用换了，只把猜出的换换好了。快一点哦，已经三点半了，五点多游人就聚满了。”

他把没被猜出灯谜的灯笼挑出来。挑着挑着，定住了。

“我们晚上也去猜灯谜吧？”她蹲在对面看着他把灯谜一条一条贴在纱灯上。

“这些灯谜都是我写上去的，我去猜，别人还猜什么呀？”他刮了下她的翘鼻子。

“唔……我有个灯谜，你肯定猜不出来！”说着，她拿起毛笔在纸上写：

我家小妹妹，要吃肯德基。

姐姐翻了翻，浑身七毛七。（猜四字俗语）

“你妹妹的事都搬出来啦？”他取笑她。

“灯会结束前一定要猜出来啊。”她神秘地笑着把灯谜贴在一只粉色纱灯上了。

何止是当天的灯会没猜出来，一直到灯会结束好长时间，他有空就翻俗语辞典，也没找到合适的词。后来，他恍然大悟，捏着她的鼻子：“你随手胡写几个字捉弄我，看我怎么报复你啊！”

她没有咯咯笑着躲，而是失望地看他。

后来，她就走了。

他擎着纱灯，横看侧看，突然顿足捶胸——这分明是一首藏头“诗”：“我要姐浑”，即是“我要结婚”。

1毫米的误会，让深爱的人相望于天涯。

生查子 欧阳修

去年元夜时，花市灯如昼。
月上柳梢头，人约黄昏后。
今年元夜时，月与灯依旧。
不见去年人，泪满春衫袖。

晨梦被惊醒

啾啾，啾啾，房檐上的燕子从泥巢里探出头，扑啦啦，歪歪斜斜地飞落到花丛中。它是一只正在学飞的燕子，它渴望广阔的天空，渴望自由地飞翔。

如她，她渴望喧闹缤纷的酒吧，渴望朋友们围桌畅饮。她刚刚还梦到下铺的小霓在宿舍里啃芒果，啃得嘴边全是“黄胡子”，于是，其他五个冲过去抢她的芒果，每人都吃成了“黄胡子”，然后笑得前仰后合。笑着笑着，她就被吵醒了。

她竟然在躺椅上睡着了。

他已经回来一周了，说忙完就会来看她。她从早等到晚，从晚等到深夜。她不敢睡觉，因为她怕就在睡着时，他来过又走了，可她还是在躺椅上睡着了。

她没有错过他，他压根没来过，嗅不到他的气息，她确认。

他爱她吗？爱她。不然怎么动用财力人力让她提前拿到大学毕业证，给她这座别人梦想一生的别墅？怎么会答应会守护她一生？怎么会舍不得她出去工作？

他多么想跟她分秒厮守，可是他必须下了班去那个地方，早晨从那个地方去上班；她不能像妻子那样从他手里接过风衣，不能享受他的晨吻，目送他打开轿车的门。这些仪式他要跟另一个女人完成，因为他早在十年前跟她签了终身约定。

晨梦被惊醒，真的醒了。男人和女人的约定是一对一的，且是一次性的。

蝶恋花 欧阳修

庭院深深深几许？杨柳堆烟，帘幕无重数。
玉勒雕鞍游冶处，楼高不见章台路。
雨横风狂三月暮，门掩黄昏，无计留春住。
泪眼问花花不语，乱红飞过秋千去。

冰雨的期盼

初春的雨有点冰，划进衣领，划过颈，滑到胸膛。

他紧紧风衣，酒的热气刚好扩散，跟冰雨的魂撞到一起，冷暖相交，他做的，只有紧紧风衣。

粉红的梅花，枝枝朵朵上都颤动着冰晶，那是雨的凝聚。蒙蒙的暧昧的细雨，核心却是冷冷的冰。

正午之阳升上中天，暖了冰，冰回到雨的原形，一滴，两滴，滴在她的发际，滴在她执著的睫毛间。音符便在水间穿行，便跟着睫毛跳跃。她的歌如枝头粉红的梅，梅又如温柔的她。

他抽出手帕，为她擦干发际，手却停在睫毛间。

一缕烟，一缕雾，一缕相思，他的手停在空中定格了。她羞涩的笑只是空气交织成的幻想，因为梅是现在的，站在去年的枝头上罢了。

燕子低飞，碰动了枝条，冰雨便悠悠飘下，他的期盼也忽地坠落了。

她没有在原地等他，等他的只是幻想，没有谁会在原地等谁。

临江仙 晏几道

梦后楼台高锁，酒醒帘幕低垂。
去年春恨却来时，
落花人独立，微雨燕双飞。
记得小苹初见，两重心字罗衣，
琵琶弦上说相思。
当时明月在，曾照彩云归。

我的口袋，有33块

自下了火车，他的耳边一直响着郑智化的歌："我的口袋，有33块，我的口袋，有33块……"

走到门口，他突然迟疑了。落魄的他，潦倒的他，兜里只有33块的他……

一个月前。

"惠，让我试一下吧？"他握着她的手哀求。

"不行，炒股跟赌博有什么区别呢？"她坚决。

"那怎么一样？我的哥们都赚了，你看刘成买上一百平方米的房子了，程计也终于有钱送孩子去美国了，还有……"

"不要说了，不行，这是我们多年的积蓄，留着给燕儿交学费呢，下个月她就开学了。"妻子不再理她，继续给兔玩具粘领结。

妻累了一天，捶着酸酸的腰憨然入睡，床边堆满了等着粘领结的小兔子。他一点也睡不着：多么好的赚钱机会呢？现在全线飘红，傻子买股票都闭着眼赚呢。

他轻轻打开柜子，取出存折，连夜离开。

“惠，你等着尖声大叫吧，到时候可别把嘴笑大了，那样我就不喜欢了。”他美滋滋地想着，在银行兑出所有现金。

三十个日日夜夜的眼巴巴，三十个日日夜夜的希望与失望的轮回，像削橡皮那么快，一截一截，江河日下。

突突突的缝纫声震着他的脚心，妻子已经不给兔子粘领结了，换成缝制兔子身体，这样一只会多赚两块。

那兔子模型是哪个笨蛋设计的？真是丑死了。

他好想拿起画笔，设计个最美的兔子，他本就是玩具设计师嘛！

他摸了摸兜：惠，我的口袋，有33块，我们可不可以从头再来？

钱输掉了，可以重来；感情丢了，可以重来吗？

临江仙 李煜

樱桃落尽春归去，蝶翻轻粉双飞。
子规啼月小楼西。
玉钩罗幕，惆怅暮烟垂。
别巷寂寥人散后，望残烟草低迷。
香炉闲袅凤凰儿。
空持罗带，回首恨依依。

露台赏月

摆好瓜果，点起香烛，不为敬拜，不为祈祷，为了等一个人。

月上中天，清凉的光洒在露台上，洒在空椅子上，洒在期盼的眼眸里。

露台四周用白色的铁栏围起，植满了长春藤，一小丛一小丛淡紫的凌霄花斜插在藤叶中间，在夜的包裹中、月的浸染里，冷而静。它们被秋阳考验了一整天，急着晒后尽情地吸取月光修复。

她也需要修复，遮阳伞用得太久，防御力差了，紫外线便长驱直入，射在她白皙的皮肤上，脸、手臂、颈，无一遗漏。

她用遮瑕霜遮盖隐隐现出的黑斑，用柔肤水使手臂变软，可是至今，还没有一种化妆品让受伤的心回复原状，连最简单的遮盖品也没有。

他们用一年的时间看楼盘，用半年的时间装饰成公主花园，然后，他们分手。这是他送给她的感情补偿。他深知她受伤至深，他何尝不是？

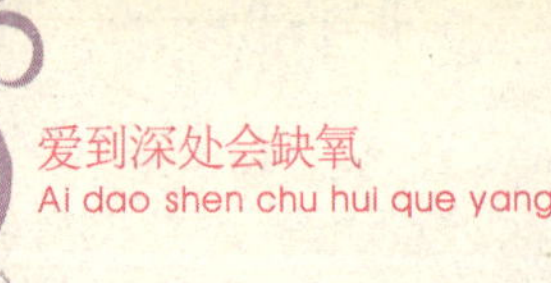

他在哪儿？也许在老妈那破土房的炕上吃野菜饼，也许在城市的车站徘徊，他已囊中空空，所有的身家都用来兑现对她的承诺。爱要如此表达：

举空杯对月，你的幸福是我最大的快乐！

水调歌头 苏轼

明月几时有，把酒问青天。不知天上宫阙，今夕是何年？
我欲乘风归去，又恐琼楼玉宇，高处不胜寒。
起舞弄清影，何似在人间？
转朱阁，低绮户，照无眠。不应有恨，何事长向别时圆。
人有悲欢离合，月有阴晴圆缺，此事古难全。
但愿人长久，千里共婵娟。

生死两茫茫

人说，天上一天，地上一年。那么地上七年，就是天上七天。

妻子去世的第七年，他也笑着走了。

阴历六月的清晨，妻早早起来，看到院子里堆着孩子们玩过的木杆，横七竖八的，弯腰抱起一根，向房角走去。不小心被东西绊倒了，再没起来。

他的手抖着，用胶皮管扎紧她的胳膊，一针扎下去，出来的是黑黑的淤血，再一针扎下去，又是黑黑的淤血。

“不会的，不会的”。他不相信她断气了。他们拉过勾发过誓，谁也不准先走。

他又扎一针，还是黑血，再扎，血不再流出来，凝固了。

他紧紧攥着她的手，她的身体硬了，只有握在他手里的手还软着。

她死后的几个月，他很少走出屋子，常常待在里面没有一点声息。

就在儿女们担心得要发疯的时候，他忽然联络了许多年轻人做生意。他似乎有赚也赚不完的钱，没有一刻停下来。

直到她去世第六年的春节，他倒下了。他被查出患有肾癌，且已晚期。他不停地念着她的名字，足足念了一年。

在最后的日子里，他躺在儿女们的守护中自言自语："别留我，不吃了，你妈在红绿灯那等我呢，我得走，一会她着急了。"

清晨，他停止呼吸，跟七年前她断气的时间只差几分钟。

世界上有一种约定，再不守信的人也一定会去完成，那便是爱的约定。

江城子 苏轼

十年生死两茫茫，不思量，自难忘。
千里孤坟，无处话凄凉。
纵使相逢应不识，尘满面，鬓如霜。
夜来幽梦忽还乡，小轩窗，正梳妆。
相顾无言，惟有泪千行。
料得年年断肠处，明月夜，短松冈。

自己的电影

多么落俗的剧情。

昏暗中，他点燃一支烟。从昨天，前天，前前天，总之她走的那天，他开始以独自看电影打发时间，看到无奈处，他习惯点一支烟。

新区的小高层耸立在小城一角，像鹤立于鸡群，于破旧的低层楼房中间崛起。他站在这高层的最顶层。小城周边方圆百里尽收眼底。

初春的原野还很荒凉，枯草中隐隐可见青黄，尤其是河边垂柳，已悄悄抹上绿色的烟尘。

男主人女主人走出城门，两只手紧紧握在一起，生怕走散寻不见。

曾经有过兵荒马乱的古城，现在，同样经受着精神的慌张、爱情的战乱。

曾经两匹骏马飞驰过城门，戟与刀相碰，迸出火花，两位英雄为心爱的女人厮杀不遗余力；现在，无声的箭矢穿过古城门，两个男人

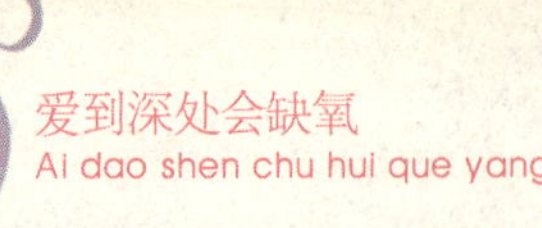

在她的手机短信箱里大战八百回合，最后休战，立下盟约。

胜者为王败者寇，败者须向胜者称臣，把最心爱的拱手奉上。

他于三十米处把她的手松开，他要小小地违约，他不能亲手把她交给他，他最大限度看着她自己走过去。

停在河边的车不如自己的性能好，靠在车边的男孩不如自己有型，但他比自己会用情。

他再次欣赏完这部有自己参演的电影，典型的三角爱情，于他，却是人生中刻骨铭心的一幕。

八六子 秦观

倚危亭，恨如芳草，萋萋刬尽还生。

念柳外青骢别后，水边红袂分时，怆然暗惊。

无端天与娉婷。

夜月一帘幽梦，春风十里柔情。

怎奈向，欢娱渐随流水，素弦声断，翠绡香减，那堪片片飞花弄晚，蒙蒙残雨笼晴。

正销凝，黄鹂又啼数声。

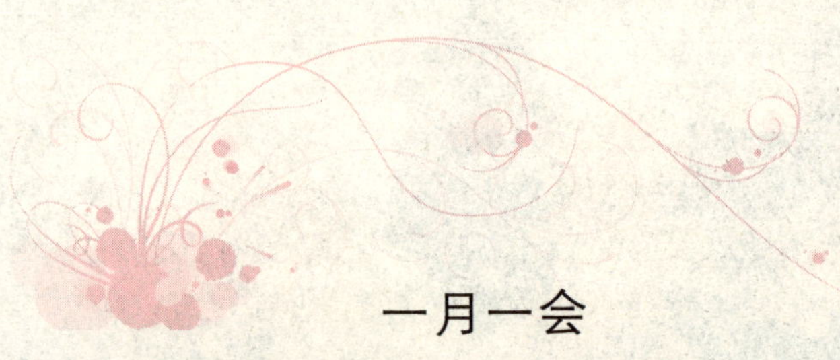

一月一会

她把年假分配给每个月的最后一周，这样，积攒了三到四天的时间，每个月可以去一次A市。

他每天加班两小时，就会提前三天完成月任务，积攒了三到四天的时间，每个月可以去一次A市。

他们本是两个毫不相干的人。

一次她去A市出差，刚走出火车站，天空下起急雨，没等她打开常备的防晒伞，鞋子已经溅了许多泥。她慌慌张张地冲进公交车。管它是到哪的？边走边打听路线吧，正好整理整理鞋。

她在包里左翻右翻，糟糕，匆匆忙忙，竟然没有带纸巾，这么狼狈不堪地去见省级上司？！

她环视着空荡荡的车厢，除了司机，车后面的座上坐着一个男人。

她顾不得许多，走过去问："先生，您有纸巾吗？"

男人好像很吃惊，一个陌生的惊艳的女人在向自己求纸巾？他受宠若惊地在衣兜里找，“没有纸巾，有这个。”递上一块折得方方正正的手帕。

她伸过去的手停住了：“这个……会弄脏的。”她想：这可能是他妻子为他叠的吧？一个男人怎么可能折得这么整齐？

“没关系，我正好要换条新手帕了，这条用好几年了。”男人的手向前伸了伸。

她无比感激地接过手帕，低下头谨慎地擦鞋。她本来想用纸巾随便擦擦，没想到会借到手帕，男人通常用来擦嘴擦脸的手帕，被降格成一次性纸巾，她忽然觉得擦鞋是很神圣的事。

男人注视着她在鞋上移动的手，直到她抬起身。

“这个……一会下车我买一块新的还您吧！”她把脏手帕折起来攥在手里，像攥着珍贵的丝绸。

“没关系的，我家里还有很多条呢，你不用客气。”男人羞涩地摆着手，他可能也没想到，偶尔将手帕降降格竟会得到如此深重的感恩。

意外地借，意外地得；意外地得，意外地借。

开完会，她买了条新手帕还他，从此，他们都把对方的名字存在手机好友组里了。

她是公务员，不能丢弃的工作；他是设计师，不能丢弃的职业。他们各自生活在不同的地方，中间隔着A市，因此他们只能做一月一会的情人。

并不是需要放弃些什么，才证明感情之真。

鹊桥仙 秦观

纤云弄巧，飞星传恨，银汉迢迢暗度。
金风玉露一相逢，便胜却人间无数。
柔情似水，佳期如梦，忍顾鹊桥归路。
两情若是久长时，又岂在朝朝暮暮。

此刻想去月明溪

他最想去的地方是月明溪。

那是大学墙外一条不知名的小溪，她名字里的“月”和他名字里的“明”合起来，就有了月明溪。只属于他和她的月明溪。

“辰明，你这臭脚！”同学们大骂。

他后退几步，一提气，攀上墙，扑通！跳了下去。

当他慢慢站起四处寻找时，心中不仅涌上歉疚。他的从天而降惊动了溪边正在一丝不苟做标本的女孩。

她把采下的花朵压平，小心翼翼地放进标本夹。听到扑通声，她吓了一跳，转头的时候，前额的长发攸地甩到肩上去了。

她明亮的脸庞如身边的小溪，沉静、清澈，幽幽流淌。他的莽撞无疑是打破安宁的犯罪。

“sorry,对不起！”他道歉的时候心快要跳出胸膛。

“没关系，球在那边。”女孩微笑时，露出半截白玉般的牙。

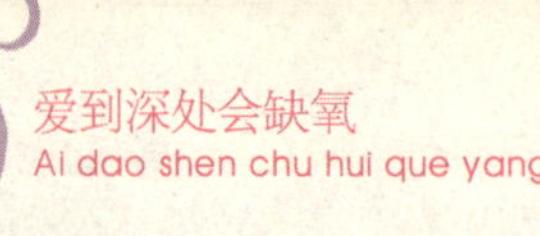

他立刻顺她手指的方向跑过去，在草丛中捡起球。

第二天同一时间，他没有去踢球，也没有跃墙，而是堂堂正正地从学校后角门出来，沿着小溪一路寻找，刻意而又偶然地再次遇见采标本的女孩。

他加入到采集中去，他跟她学会了处理标本，他为标本命了颇浪漫的名字。最后，他们共同给了小溪一个名字。

他们的一世情缘都注入小溪里，在城市飘荡半年证明了这一点。

她每天出入华丽的写字楼，写字楼里没有小溪，也没有关于小溪的记忆。

他依旧怀恋小溪，小溪边如小溪一样的女孩，还有小溪一样纯净的那份情。

一期一会，不单指爱情，也指爱的纯度。

一剪梅 李清照

红藕香残玉簟秋。轻解罗裳，独上兰舟。
云中谁寄锦书来？雁字回时，月满西楼。
花自飘零水自流。一种相思，两处闲愁。
此情无计可消除，才下眉头，却上心头。

露台入口的锁

图书馆顶端有宽敞的露台。

据说最早发现这里的是一对情侣。那是爱情戴着面纱的年代，一对相爱的男女千寻万找，终于找到理想的相会地——图书馆顶端的露台。

可是没过半学期，还是被好事者发现了。那些人像听房一样监听二人莺莺私语，并以比互联网稍慢几秒的速度传播开。于是，露台真的成了露台，一段隐蔽的恋情被曝光。

他们没有时间光顾露台了，他们用大部时间接受系里、院里的开导教育，用小部分时间迂回身边的和远在家乡的人。

露台成了名正言顺的欢会点儿，每天晚上都会有三五成群的人提着酒瓶和吉他，在那豪饮高歌。后来，露台入口处就被挂了一把大锁，图书馆归于宁静。

爱情畅行的时代，好事者的课本180度大更新，不再窥探谁和谁那个了，重点窥探谁还没那个。没那个的被揪出来的时候，也是被当成流感病毒送到露台上隔离的时候。

隔离的时候，他只能孤单地吹着老旧的洞箫。

洞箫幽咽、呜咽，像想家的游子哭泣，像单身猫的思春，像弃夫的告白……台上深情演绎，台下彩蝶纷飞。

女孩推了推宽边眼镜，纤细的手拉拉，哗啦！原来她一直不敢碰的锁竟是虚设的，她被骗了三年。她早已看中露台的清静，一直想去那里看书、写自己的小说，她先前还怀疑吹洞箫的人像西门吹雪那样飘上去的。她莞尔一笑，一级一级攀着钢筋梯。

圆润的洞箫给了她无尽灵感，她终于如愿完成了自己的故事，又开始了他和她的故事。

一纸派遣证派走了她，遣开了他。

他等着再次被隔离、吹箫。她接续自己的故事。

爱情亦如探奇，因为神秘，所以引人，因为曝光，所以看淡。

凤凰台上忆吹箫 李清照

香冷金猊，被翻红浪，起来慵自梳头。任宝奁尘满，日上帘钩。生怕离怀别苦，多少事、欲说还休。新来瘦，非干病酒，不是悲秋。
休休，这回去也，千万遍阳关，也则难留。念武陵人远，烟锁秦楼。惟有楼前流水，应念我、终日凝眸。凝眸处，从今又添，一段新愁。

不变的是红绳

他拗不过女儿。廉颇老矣!

他曾经是将军，现在是一位八十岁的老人。

女儿肯定是老糊涂了，让这么大岁数的老爸爸去老人中心出丑。

“大爷，头稍低一下。”可能是他多年习惯昂首挺胸，老人中心的摄像师不住地叫他低头。

“大爷，您老好帅哦，肯定一排排老太太来应征。”年轻人一边油腔滑调一边把他的资料放进征婚档案里。

果如其言，第二天，女儿的手机就忙坏了，隔几分钟便“嘻唰唰”。

“不是叫你换‘打靶归来’吗？乌七八糟的！”彩铃响一次他就吼一次。

“小涛涛不让换，这是他喜欢的。”女儿无辜地解释。

他很失望，应征的不少，满意的为零。

“最后一次，再见最后一次，这次要是再不成就再也不见了。”女儿忧急地跟他商量。

“好吧！”他放下将军的架子，近几年，他不再那么说话落地砸坑了，四个子女有三个都先他而去，至亲之人也只有这个年近六十的女儿了。

最后一位老太太小他四岁，举止神情透出温柔、善良，丝丝可寻已故老伴的痕迹。

夜空静谧，这对老龄新人竟然害羞起来，不肯熄灯。

“我有事隐瞒了你，我觉得应该坦白。”她低着头，仍然把他当成高高在上的首长。

“什么事？”

“其实我不是本地人，我家在一个叫槐树屯的地方。”

他像整装待发者听到信号弹一样耸耸肩，睁大了眼。他似乎看到了古老画册的一角。

“我开始也不叫慧蓉，而是叫杜鹃。”

“杜鹃？李杜鹃？！”他握住她的手。

画册全部展开了，是一轴手绘图。豆蔻少女初成新妇，新郎却应征去了前线。一别数载，新妇仍着婚妆，却收到一纸阵亡书。伤痛欲绝的女人将新娘装与阵亡书一道埋进坟墓里，远走他乡，改名换姓，嫁了老实巴交的修车工，六十年后，孑孑一人。

“鹃，你好好看看我是谁？”他用力提眉毛，试图把脸上的皱纹扯平，恢复六十年前的容貌。

“……士荣！”

泣不成声。

时光褪色，面目沧桑，不变的是月老的红绳，那是今生今世注定的情。

钗头凤 陆游

红酥手，黄縢酒，满城春色宫墙柳。
东风恶，欢情薄，一怀愁绪，几年离索。错，错，错！
春如旧，人空瘦，泪痕红浥鲛绡透。
桃花落，闲池阁，山盟虽在，锦书难托。莫，莫，莫！

没有人知道我来过

手抚梧桐，心怦怦地跳。

认得，十年前，它就这么粗，这么高，这树枝杈，稀疏的叶子。

十年前，我离开的时候，秋天的梧桐叶忽然坠落，打在肩头。我不禁摇晃，瘦削的肩连一片叶子都难以承载。

梧桐根处斜伸出的鹿状花斑石更光滑了，这些年，不知道有多少对情侣倚着它，靠着它。也不知它看到过多少分分合合。

我蹲在花斑石后面，轻轻掰开一小块圆石片，露出手指粗的小洞洞。我兴奋着，犹豫着，打开钥匙链上的夜光灯。

啊，居然还在！我眼前一亮。拇指食指撮在一起，轻轻地捏出一根细细的纸卷。

心快要跳出来了，颤抖着打开纸卷。

字迹如初：相信我，我会对她讲明，给我时间。

一天，两天，一年，两年，我给了他时间，可是他仍然没能讲

明，开口拒绝一个不爱的女人有那么难？

我把纸卷重新塞进洞里，盖好石片。

没有人知道我来过，十年前如是，今天如是。

许多感情只有开始，没有结束，其实没有下文便是结束。

钗头凤 唐婉

世情薄，人情恶，雨送黄昏花易落。
晓风干，泪痕残，欲笺心事，独语斜阑。难！难！难！
人成各，今非昨，病魂常似秋千索。
角声寒，夜阑珊，怕人寻问，咽泪装欢。瞒，瞒，瞒！

一千比一的换算

他是怪物，因为他一直不谈恋爱。

跟大多数男人差不多，他一直认为，好女人都给别人占去了。于是，他跟岁月赌，跟年龄赌，跟健康赌，跟精力赌。

他一直在忙忙碌碌地修炼，以期早一点修成幽雅、多财、举止不俗的当代快男。他只在偶尔空闲看看风景，赏赏花木。

他觉得，男人不能太平庸。平庸的男人只配放眼平庸的女人世界，对于脱俗的女人唯有觊觎的份儿。

生活，幽默而搞笑。变身不凡的他莫名地感到孤独、疲惫不堪。

千次地寻找，万次地呼唤，身前身后是坠落的烟花、盘旋的花瓣。

纸屑悠悠飘落，如同人生的谢幕，美丽而凄凉。优秀的男人孑孑终身者不止他一个。

又一声烟花在身后乍响，随着婉啭的叫声腾空而去。他猛然回头，因为他想仔细看烟花在空中绽放的瞬间。他喜欢开放，不喜欢凋零。

彩灯点点，人头攒动。

哦！她的眼眸比星光明亮，如月光纯净。她于狂热的人群中，如百合，静静盛开。

在这个纷繁的时代，能波澜不惊、闲庭漫步，是要怎样平和的心境。

一个带着安宁、温暖、冷静与深情的女人，不正是梦寐以求的吗？

千万次的寻找抵不上一次回眸，在这里，一千比一的算式要重新算。

青玉案 辛弃疾

东风夜放花千树，更吹落，星如雨。
宝马雕车香满路。
凤箫声动，玉壶光转，一夜鱼龙舞。
蛾儿雪柳黄金缕，笑语盈盈暗香去。
众里寻他千百度，蓦然回首，那人却在灯火阑珊处。

我大约还爱你

多么奇怪啊，没有任何预兆。

完全不同的环境，不同的生活作息，不同的人群，以前的情景和琐事不记得了。我甚至记不起经过几次搬家后，旧照片弄到哪去了。

我无暇回忆不太遥远的陈年旧事。我有新的目标奋斗——实现车房计划。

有时候睡梦中灵感袭来，会迅速跳起，扑到电脑前，画个昏天暗地，这张图纸顺利交工，就可成为有车族了。

成功竟然来得这么快！

凌晨四点，一切OK，倒在床上，带着微笑合上双眼。

意外的是，没有靓车涌进来，没有粉红的单身公寓涌进来，你却来了。

你的眼神如此清晰，眼圈湿润。你蹬着楼梯，仰视我。

我居高临下，心头倏地一紧，暗中有个声音：不可以再拒绝他。

我是这么被一个男孩感动的。因为你坚持四百多天跑步上学，偏偏绕过我家的楼下；因为你为送我一件生日礼物，下了课就去送外卖；因为你可以放弃心爱的球赛，陪我在设计室过通宵……

突然，蓝色的潮水无端湍涌来，漫上楼梯，漫过你的脚踝，漫过你的膝盖，漫上你的腰，肩……你挥手，我以为是求救，却是告别。

惊坐起，额头冰凉。夜风吹皱窗纱，掀起图纸的一角，纸上的阁楼和雕塑便泛起波纹，晃动着，如你隐于潮水中的表情，有一丝不舍，九分欣慰。

你在哪个角落？按毕业年岁算，该是上尉了吧？我大约还爱你！

为了追求，放弃爱情，孰不知，爱情是赖瓜，拾起来就放不下。

踏莎行 姜夔

燕燕轻盈，莺莺娇软，分明又向华胥见。
夜长争得薄情知？春初早被相思染。
别后书辞，别时针线，离魂暗逐郎行远。
淮南皓月冷千山，冥冥归去无人管。

外套坐垫

“等一下！”

男孩脱下外套，铺在稀疏的草地上，“坐吧！”

女孩微噘起的唇平了，理所当然地坐在上面。男孩挨着她坐下。

男孩像被虫子咬了一下，迅速抬起手臂环在女孩肩上。

女孩上身向外裂，却没离开外套坐垫。

男孩装傻冲愣地就着女孩向外侧歪，终于得逞。几分钟后，又得寸进尺地把女孩的头摁到自己肩头上，然后得意地把脖子拔得直直的，仿佛向天空告白：我将承载这女孩的一切！

他怔怔地搁下画笔。

同样的外套坐垫。他们也曾如此。

他们还曾在这里谋划过一件事：就在坐垫处种一棵相思树，作为牵手盟约的见证。

但之后的几年，他们遍访相思树的苗木，未果。期间，他们再也不舍得把外套坐垫铺在那里，生怕破坏相思树的成长之路。

他有时候想：也许研究树木的自己真的弄错了，相思树不是扦插的，而是播种的，他们不曾试过播种。

情侣们钟爱草地上看夕阳，钟爱外套坐垫，却没人再如他们，谋划相思树的事。所以，他们可以永不停息地牵手而来，攀肩而坐。

人们总是想方设法见证爱情，却不知，爱情无需见证，也许微不足道的外套坐垫就是最好的见证。

鹧鸪天 姜夔

肥水东流无尽期，当初不合种相思。
梦中未比丹青见，暗里忽惊山鸟啼。
春未绿，鬓先丝，人间别久不成悲。
谁教岁岁红莲夜，两处沉吟各自知。

三个人太挤

一对盆友（在一个饭盆里吃饭的朋友）常常为谁该去食堂买饭费尽心思。

娆总是耐不过初。

初可以一口气看完60集的韩剧不动窝，可娆不行，她坐一个小时就得扭扭腰。

初早起可以不去厕所，捱到上完第一节课，可娆不行，她每早起床最紧迫的事就是把废物排空。

初可以为了胜利咬牙去上什么德育课，可娆不行，她讨厌那老头儿的秃顶一直对着观众，滔滔不绝地碎碎念。

……

总之娆总是输，只好捧着两只饭盆冲进食堂，在枪林弹雨中，抢到她们都爱吃的菠萝里脊。

当她捧着战利品向食堂外走时，晚到的男生们便醋溜溜地撇嘴：

“贵肥娘娘又抢到了哦！”

她羞得无地自容，把脸埋在饭盆后，一叶障目似的逃回宿舍。

初早已两手洗净，捏起肉一团一团往嘴送，边吃边吧滋，还夸张地舔手指上的蜂蜜。

还没等娆的心情平静完，已盆底凸现。最让娆气的是，初怎么吃都不长肉!

老天如此不公啊!

……

季出现了。

季代劳了一切，想吃什么，短信一发，下了课，他肯定捧着饭盆在教室外候着呢。季像殷勤的大内总管兢兢业业地伺候着两位皇妃。

季说女人都有可爱的一面。他喜欢娆的雍容大方，也欣赏初的精灵古怪。

娆暗暗用功，她想赢一次，她不想输。

“要是初会更有趣！”

“要是初会想出怪招儿！”

“要是初……”

季说这些时无所顾忌，初是她的姐妹，也是他的姐妹，季说的也是她正在想的。

娆调了年假，坐六个小时动车，会见初，结婚后第一次会见初。

“不要一个人在异地他乡飘了，回我们的城市去吧，跟季，我们像以前一样在一起。”

初淡如月色地笑：“三个人太挤了，何况现在四个人？”

友情的船大可容天，爱情的船却小气得容不下一段消息！

祝英台近 戴复古妻

惜多才，怜薄命，无计可留汝。

揉碎花笺，忍写断肠句。

道旁杨柳依依，千丝万缕，抵不住一分愁绪。

如何诉，便教缘尽今生，此生已轻许。

捉月盟言，不是梦中语。

后会君若重来，不相忘处，把杯酒，浇奴坟土。

死则同穴

他们来的时候像一对通缉犯，踏着夜色，鬼鬼祟祟的。

男的好像病入膏肓，不停地咳嗽。

他们磕磕绊绊地闯进木屋，便咣当地把门关得紧紧的。看样子早就知道这个村子的边上有处四邻不靠、久无人居的木屋了。

20年前，木屋里曾住过一对老夫妻，他们无儿无女。后来，老头得了疯癫病，每天坐在门口骂老太太。可是老太太一声不吭地为他擦身上的屎尿，一口一口地喂他吃米粉粥。

某天夜里，村子上空传来一长声惨叫，早起，老头没坐在门口，老太太也久久没出来。人们试探着捅破窗户纸往里看，天哪！老头老太太滚缠在一起，双双死在炕上了。

人们说，是因为老太太实在无法忍受老头的暴力折磨，终于把他掐死，然后自己也被老头掐死了。

当这对男女住进木屋后，20年前的事又浮上眼前。人们害怕他们自相残杀，每天借故去探看。或者把鸡赶进屋前的草窝，或是装作口渴讨水喝，均吃了闭门羹。

气愤的人们骂着“好心当成驴肝肺”，编了好多谣言。制毒团伙的前探啦，拐卖小孩的联络员啦，偷渡客啦……

人们传人们的，他们过他们的，自进了木屋，就没再出来过。

木屋里偶尔传来剧烈的咳嗽声，开始是男人自己，后来女人也咳嗽了。

某个夜晚，熟睡的村子突然沸腾了：“起火了！”“木屋起火了！”

人们跳起来。

当木屋的支架一根根变成焦炭，倒下去，神秘的木屋内壁暴露于天空下时，人们看到一块大穿衣镜完好地放在地上。

人们轻轻推开穿衣镜，下面竟是墓穴。那对男女安详地躺在里面，手紧紧地握在一起。

他们没有相互残杀，而是共赴黄泉了。

死则同穴，这是他们的约定，也是所有人希望变成现实的约定。

摸鱼儿–雁邱词 元好问

问世间情是何物，直教人生死相许。
天南地北双飞客，老翅几回寒暑。
欢乐趣，离别苦，就中更有痴儿女。
君应有语，渺万里层云，千山暮雪，只影向谁去。
横汾路，寂寞当年箫鼓，荒烟依旧平楚。
招魂楚些何嗟及，山鬼暗啼风雨。
天也妒，未信与，莺儿燕子俱黄土。
千秋万古，为留待骚人，狂歌痛饮，来访雁邱处。

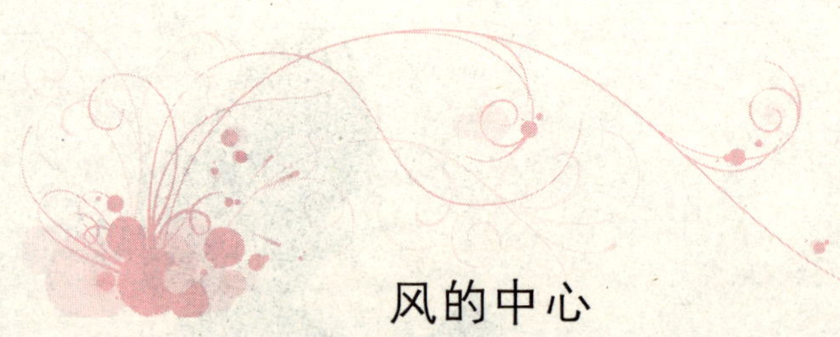

风的中心

哐地一声，窗户被吹开了，暴雨即将来临。

她刚刚放下行李，还没来得及打量室内，便吓得直缩肩。

一天的船上航行，弄得她头晕目眩，原以为这北方的小屋会是使身心休憩的地方，没想到，南方的风雨，跃过海洋，一直追随而来。

沙漏、水杯、卡通盘，都是三年前的样子。还有床头的船。

“请问，是您这里有房出租吗？”对讲机的另一边传来男声。

“是哦，不过我想租给女生。”因为去国外定居的叔叔留下这么一处公寓，她不必群居于大学拥挤的宿舍里。于是，她又打起了经济算盘，如果把另一间卧室租出去，会有不薄的收入。

“我可以看一下房间吗？”男生像没听见她的话。

她只好打开门，请他审查。

“嗯，正是我想找的，朝阳、肃静，尤其是窗子外这小小的人工湖，太好了！”男生视她如透明人，完全以本屋主人的身份来评价了。

“对不起哦，我只租女生。”她冷冷地提醒，向发烧人头上浇冷水是她的侠骨柔情。

“你把我当女生就行了，反正我不喜欢被骚扰。”男生一屁股坐在床上。

呵——我更不喜欢骚扰。

男生似乎看透她的心思，躺下又坐起来：“如果你招个女生，天天领男朋友来这亲热，余电也把你电死。像我，”他自豪地指着自己，“考研之前是绝不近女色的！”

他说得也有道理哦！女生有了自己的窝，可能会刻意表现温柔贤惠，使出浑身解数弄些稀奇古怪的食物麻痹男友，俗话说：“要抓住他的心，先抓住他的胃”嘛！还有，要是两人在屋里那个怎么办呢？

这男生不喜欢被骚扰，可他总骚扰别人。最后，她终于被他强拉去，一起为考研修行了。

修行结束，他果然没有食言，色戒大开。南方的如云美女让他目不暇接，哪还能分出半只眼看她泼翻的醋墨，每天粘着蜜酱写“爱”字还写不过来呢。

“别怕，有我跟你风雨同舟，要是能亲历一次泰坦尼克号，死了也值！”启程那天突起大风雨。

她留恋地望着两个人共同生活的屋檐。

“难道你不想跟我死在一起？”他紧张地问。

“我不想！”她把床头的亲密照扣下，“我不想跟风一样的男人

一起死！”

风很惬意，也很洒脱，但风没有中心。没有谁能抓得住风，也没有谁能抓住风一样的男人。

沁园春 纳兰性德

瞬息浮生，薄命如斯，低徊怎忘。
记绣榻闲时，并吹戏雨；
雕阑曲处，同倚斜阳。
梦好难留，诗残莫续，赢得更深哭一场。
遗容在，只灵飙一转，未许端详。

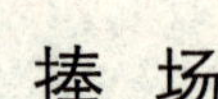

捧 场

“你快一点啊，岑的首场，我不能迟到呢。”

真是让她不知道说什么好，总是磨磨蹭蹭落后的竟然是男人。

“咳，只是校园巡演，又不是真的走穴！”他懒洋洋地把漫画书合上，眯着眼，“你，你，你，你也有角色吗？”

“没有啊。”她检查自己，拉拉裙摆，“我要献花的，不能给岑丢脸哦！”

“吁……”他咕囔着套上“我只洗碗不吃饭”的文化衫。

“别穿这个，穿我上次买给你的衬衫。”

“那是留着见你妈穿的。”

“你死脑壳呀，穿一次也穿不旧嘛。”她不容分说，把文化衫扯下来。

当他们像伴郎伴娘一样进入礼堂时，已有半数就座。

“还好，人还不太多。”

“来这么早干什么？”

几乎异口同声。

她扯扯他的衣襟，“你先坐这儿，我去买束花儿。”

“我陪你？”

“不用，我知道她喜欢什么花？我要自己去，表示真心！”她蹦蹦跳跳地出去了。

他被台上的人惊住了，简直是天人下凡尘。怎么常常在他们身边晃来晃去的小妞竟华丽变身？

“喂——你怎么了？花这么香你都闻不到啊？”她回来时，岑已出场亮相。

“你看这花怎么样？我眼光不错吧？”她得意地把花束在他眼前晃。

“哦，跟岑很配！”他竟一把夺过花。

“你干什么？我去献，没你事！”她抢过去，刚要站起，突然泛起酸意，“喂，花好看还是我好看？”她把花贴在脸上。

“花比你好看！”他冲口而出。

她蹭地站起身，黑暗中泪光闪闪：“那么花好看还是她好看？”

“你要献花的……”他作无辜状，还没忘记斜一眼舞台。

“你还看，那你自己看个够吧！”她把花摔在他怀里，转身就跑。

莫名高兴，莫名生气，莫名笑，莫名哭，皆因在乎你。

妒花 唐寅

昨夜海棠初着雨，数点轻盈娇欲语。
佳人晓起出兰房，折来对镜化红妆。
问郎花好奴颜好？郎道不如花窈窕。
佳人闻语发娇嗔，不信死花胜活人。
将花揉碎掷郎前：请郎今日伴花眠！

两个速度

来了！

她转身冲出房门，飞一般下楼。

人流如潮，加上楼下的美容店做闭店训导，全体MM都中规中矩地听课长训话。

在这里，便有些小小的拥塞，车声参差不停，赶着回家的人们像运动不休的分子，相碰又分开，分开再相碰。

这正好帮了她。

他的身影在人群中穿梭，脚下的轮滑不得不收到最小的速度。

他是这条街上唯一一位穿着轮滑出没的大男孩，有时候身后会跟着一群小不点儿。小不点们崇拜他。

她也有了轮滑的冲动。

她笨拙地托着轮鞋，把路面画出两道。腿上像绑了铅，轮子像生了锈。

“图便宜买的吧？拆迁店的吧？”他边卸轮子边行家里手地问。

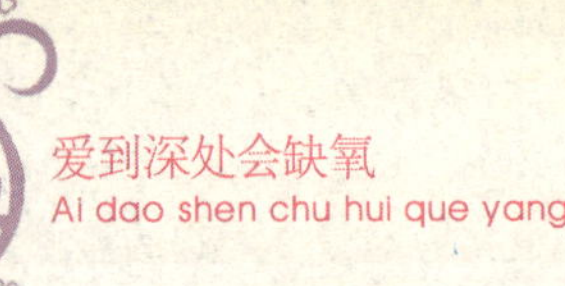

她摇摇头，饶有兴趣地读他手上的筋纹。

“赠送的？买别的东西赠送的？”他看了她一眼，很深的眼窝。

“体育用品店买的！”她一字一顿地说。

他莞尔笑了，被她的认真逗笑了。

“哎呀，真没方向感，左！左！左！”她是他所有追随者中最笨的一个。当他这么一连串地说方位时，小不点儿们跟着“左左左”，气得她羞不得恼不得。

“我的轮滑呢？”她把家里翻得底朝天。

“我扔了，你跟那轮滑小子在一起了吗？”妈妈如临大敌地瞪着她。

“什么在一起？扔哪去了？”她哀求地问。

“干点成人干的事，离那小子远点，一个超市理货员能养你吗？能养家吗？有什么出息呢？”

“轮滑滑得那么出色，干什么也不会差。何况，他还没毕业呢，理货只是半工半读！”

“还没毕业？那更不成了！你要是再见他，我们只好搬家！”

来了！那帅气的身影嗖地就到了楼下。

她转身冲出门，飞一般下楼。

空空的街，什么也没有。

他们是两个速度：跑步永远快不过轮滑。

人和人相遇，除了有缘，还要同步，齐迈左，或者齐抬右。船跟火车走不到一起，也不会同一时刻到达。

卜算子 李之仪

我住长江头，君住长江尾。
日日思君不见君，共饮长江水。
此水几时休，此恨何时已。
只愿君心似我心，定不负相思意。

为何不展眉

“我们分手吧。”

他累了。

她的眉更凝了。

最开始，他是被她忧郁的神情吸引的。任何男孩都有义务为女孩扫去阴霾，让她一展愁眉。

这样一位山花般的女孩，一直默默地在尘风中摇曳，不与牡丹争辉，不与玫瑰争宠，更不及昙花的惊天动地。可她是最值得让人张开臂膀呵护的。

护花使者的使命便是不让孱弱的生命受到风雨的欺凌。

打开电脑时，他想，她在做什么？会不会又没吃早饭？

局长在台上念报告时，他想，她在做什么？会不会散步时不知不觉走到路中央？

陪着考察团时，他想，她在做什么？会不会想起了曾经伤害她的人？

红灯的时候，他想，她在做什么？会不会独自叹气呢？

他买了花，订了餐，竭尽所能制造浪漫。

她轻描淡写地瞟一眼餐桌上的玫瑰，烛光中，额头上依旧是一抹愁烟。

千金难买美人笑。他不气馁。

他不放弃任何跟她共处的机会，为了改变她独来独往的习惯，为了让她觉得他是她不可或缺的一部分。

他甚至请假陪她四面八方地玩，希望广袤自然能开阔她的心胸。

真的改变了。不知从什么时候起，他也开始叹气了，他也开始凝眉了。

面对清澈的水，他不再想它的纯净，而是想到它早晚会干涸。

面对假日游园，他再也品尝不到过山车的刺激、激流涌进的成就感，意外事故的惨状时刻在脑海中盘旋。

他连车也不敢开了，他担心偶尔停在路边会丢掉，他担心稍一分心酿出人间惨祸。

他不愿开窗通风，他怕中风，也怕灭门惨案发生在他身上。

……

他整日愁眉紧锁，似乎世界末日即将来临。

“是工作有压力？还是同事让你心烦？或者我这个领导……”

“不是不是不是……”他用尽力气向局长解释。

结果，他被开了。

"你知不知道，情绪很传染人？"

"你知不知道，你总是凝着眉，就真的会倒霉？"

"你知不知道，你不开心的样子，别人也不开心？"

"你知不知道，爱是相互的？"

他准备把想念写在邮件里，发过去，当他想到她忧伤的神情、幽幽的叹息，心中不禁涌上许多责难。

爱是相互的，为了彼此，双方都应有所改变。跟爱情较劲，准会输掉爱情。

夜游宫 周邦彦

叶下斜阳照水，卷轻浪、沉沉千里。
桥上酸风射眸子。
立多时，看黄昏，灯火市。
古屋寒窗底，听几片、井桐飞坠，不恋单衾再三起。
有谁知，为萧娘，书一纸？

解不开的铃

确认了，她已熟睡。

他悄悄下床，蜷坐在黑暗客厅的沙发里，手机拨号，蓝荧荧的光映在他憔悴的脸上。

“还没有睡吗？”

“窗子关了吗？今天晚上有风。”

“把灯关了吧，亮着更睡不着。”

“觉得好你就买呗！”

“呵呵……真的吗？老秋就是那样，整天嘴闲不着，有的说没的也说。”

“什么？你又去染发了，不是告诉你别总染吗？对身体不好。”

“哎，你什么时候才能改一改呀，别总吃转基因水果，真是……”

“呵呵，是吗？那韩剧还没演完？真是又臭又长……”

“有趣？就是糊弄你们这些单纯主妇的，我才没时间看……”

光圈罩住他的脸，他的表情也被罩住了，一会咧嘴，一会皱眉，一会微笑，一会凝重，无疑，电话那头是个很重要的人，一举一动都牵动他情感的人。

“在打给她吗？”

妻站在卧室门口，哀怨地望着他。

“你们一直联系，一直这么互相关心？！”

“她这几天病了，心情不好……”

“离婚三年了，她一直心情不好，她到底什么时候心情才好呢？”妻的眼泪滚下来。

“我算什么？到底现在谁是你的妻子？”妻扭身。

她胡乱往包里塞衣服。

他追过去，抱住她：“对不起，我一直没有处理好，对不起，再给我点时间……”

“我觉得她对你而言更重要了。我不该傻傻地相信，你会完全忘掉那个背叛你的人……”妻挣开他的怀抱。

“我不会原谅她。”

“你永远也不会放下她，她不是跟那男人结束了吗？你们重归于好吧！”

“不要走，我不能再失去你。”他无力地请求，却不敢伸手拉她。

“我，也许我，我想我，不是你的救命稻草。”

解铃还须系铃人，要看那个人系了什么样的扣，有些扣一经系上，即使系者本人也永远解不开。

蝶恋花 纳兰容若

萧瑟兰成看老去，为怕多情，不作怜花句。
阁泪倚花愁不语，暗香飘尽知何处？
重到旧时明月路，袖口香寒，心比秋莲苦。
休说生生花里住，惜花人去花无主。

雪未眠

“小笨蛋，快点呀！”他哧——地一下滑出七八米远。

“等等我。”她刚刚学会滑。

他则忘情地驰骋在雪野里，在茫茫雪海穿行，整个人都脱胎换骨了。

“宇，别去那，那是禁区！”

他才不管什么禁区不禁区，腾空一跃，飞过安全线，向对面险峻的雪峰冲去。

他喜欢冒险，喜欢挑战。

巨大的惯性推着他眨眼间飞上雪峰的半山腰。他在最高点来了个漂亮的弧旋，暂停在一个突起的小雪堆上。

他看见她如履薄冰一样小心翼翼地前行。

“哈——放开放开，没事的，不要怕摔跟头，不摔跟头怎么能成为优秀滑雪手呢？”

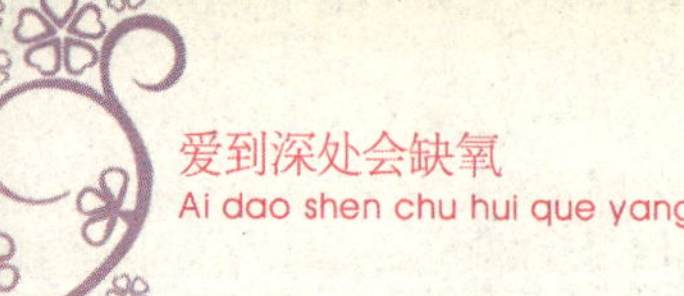

他的声音在空中回响。

她站好，抬头向着他远远观望。

忽然，她大叫：“宇，快回来……”

话音没落，他听到身后咯蹦一声，他知道那是雪层断裂的声音。

他第一反应就是把雪橇向侧面别，一连串翻滚，滚到侧面四五米处的雪蛪里。

他半跪着，雪龙摇头摆尾地从他眼前顺势而下，一波盖过一波，撞击到地面时就会腾起白色的旋涡，铺天盖地向山下拍。

“啊，蕊，快闪开，快！”他声嘶力竭。

她哪里听得见，巨大的雪浪迎头打来，她完全不能动了。

“蕊！蕊！”他扑腾着深雪向峰下滚。

雪场面目全非。

他避开来来往往的医护人员，躲进厕所。他咬紧牙关，托着被石膏凝固的双腿爬出厕所的窗。

“给我旧地图！”他暴躁地对滑雪场工作人员吼。

工作小姐怯怯地揭去墙上的地形图，露出了旧的地形图。

他仔细对过，蕊被埋的地方隆起一串雪峰。

他瞪着雪红的眼睛呵退阻拦的人，冲进蕊所在的雪峰。

他一直挖，一直挖，雪坑每深下去一分，他觉得就靠近蕊一分。

轰——新的并不磁实的雪倾下，他的雪洞被填平了。

蝶恋花 纳兰性德

辛苦最怜天上月，一昔如环，昔昔都成玦。
若似月轮终皎洁，不辞冰雪为卿热。
无奈尘缘容易绝，燕子依然，软踏帘钩说。
唱罢秋坟愁未歇，春丛认取双栖蝶。

彻底败给他

地铁站里新开了家地下咖啡厅，四面全是明亮的玻璃。

她挤出地铁门，整整皱了的裙襟。足足站了四十分钟，真是累得快要死掉了。

她走向咖啡厅，饮杯咖啡稍作休息，再去迎战下一班公汽，准备晚餐。

她向里张望，寻找着僻静的角落看是否还有空座。

突然，她怔住了。

玻璃边座最里面的一对，那男人不正是他吗？

他温情脉脉地望着对面的女人。

那是一个衣着装扮均平淡的女人，投到人群中便不见的女人。

她退后几步，端详着玻璃里隐约可见的自己的身影。

那女人两臂略粗、下巴略赘，腰身略圆，总之是个跟她不相上下的发福的中年女人。

这次，她受了极大的侮辱。

如果，他像上次那样，牵着年轻妹妹柔软的手在雪中漫步；如果，他像上上次那样，恭恭敬敬地为淑女打开车门；如果，他像上上上次那样，怜香惜玉地搀着伤心而醉的女人在街上东张西望……

是他的水准越来越低，还是自己的质量越来越差？

她一直以为自己败给墙外的春光灿烂无可厚非，谁叫自己太平凡？

可偏偏她明白，她没有败给那些女人，她真正败给的是这个男人的一世春心。

全身心的爱，嫁许了一个偶然，当心中空空，便不再有感觉，不再有期盼。

梦江南 纳兰性德

昏鸦尽，小立恨因谁？
急雪乍翻香阁絮，
轻风吹到胆瓶梅，
心字已成灰。

谁是谁的布玩

“小蝶要回来吗？”

问这句话时，他的心扑扑跳，脸颊顿时绯红起来。

“嗯，早上给我们发了EMAIL。”妻起身，“我去准备准备。”

他扑到电脑前，重新翻阅已收邮件。

“哥，我乘下午四点的飞机回去。小蝶。”

妻说“给我们”，可信里并没提到她，这信是发给他一个人的。

小蝶从不叫他表哥，只叫哥。妻知道他们的感情有如亲兄妹，却万万想不到，比亲兄妹更亲。

在心底，他们是彼此的爱人。

妻是小蝶中学的密友，她们喜欢穿同样的衣服，留同样的发式，用同样的书包。两个人在一起久了便像了，因为同喜同乐，所以笑纹一样多，表情肌发达部位相同，脸型便也一样了。

妻做了小蝶的替身，是小蝶的刻意安排，只是妻蒙在鼓里。

“没礼貌的丫头，你该叫我大嫂！”妻故意崩起脸，假装生气。

“谁是我大嫂，我才没有大嫂，庄、庄、庄……”小蝶叫着妻的姓，用力扭手里的长腿娃娃，她的娃娃也叫庄庄。

“快给它改名，我不是玩具！”妻笑着骂，“再不叫大嫂，咱们绝交，以后别想见到我，也别想见到你哥。”

小蝶眼圈红红地望着他。

他不能再也不见她。

妻不再强求，不叫大嫂没什么，可好友不该让她的娃娃跟自己同样的昵称。因为他疼她，妻忍下了，但每次眼中都透出忧伤。

小蝶太过分了，他觉得。

“刚刚经理叫我跟他出差，你和小蝶一起出去吃吧。”他整理行包，不敢直面妻。

“这么急？几天回来呀？”妻惊讶。

“是突然决定的，要一星期吧。”慌乱中，他把妻的牙具也装进包里了。

“小蝶这次见不到你了？那丫头……”

“下个月她不是还飞回来吗？”他立刻打断妻的话，“不必告诉她我去哪。”

谁也不是谁的布玩，但，谁都是感情的布玩。

踏莎行 郑　燮

中表姻亲，诗文情愫，十年幼小娇相护。
不须燕子引人行，画堂到得重重户。
颠倒思量，朦胧劫数，藕丝不断莲心苦。
分明一见怕销魂，却愁不到销魂处。

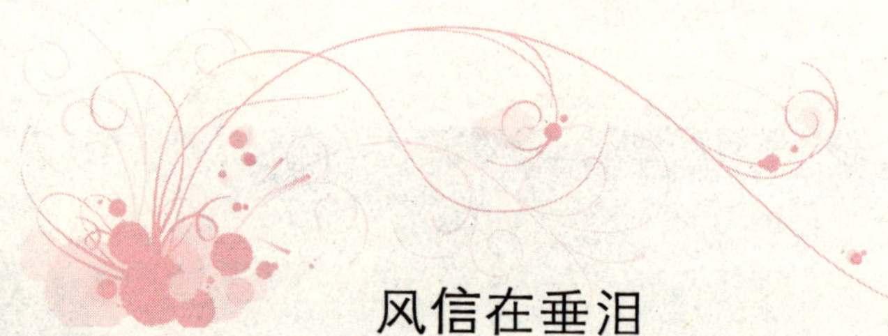

风信在垂泪

秋的到来，让所有希望坠落了。

阶前的风信子开出的蓝蓝的花，穿过盛夏，迎来秋，以为会收获果实。秋风秋雨把这一切毁灭了。

春天刚刚来临，他捧回一袋风信的种子。

“就种在你门前的石阶两侧吧。”

他们拔去枯枝败叶，松了土，开出道沟，撒上种子，然后再覆土，所有愿望便覆在了里面。

“瞧，出来啦！”

她兴奋地跑去告诉他。

每个夕阳，忙碌完，他们便坐在石阶上一株一株地看，风信一毫米一毫米地成长。

从含苞，到次第开放，每个成功的蜕变都会使他们惊喜万分。

“要开学了，我得走了。”他背着大大的包来告别。他考去了很远很远的大学。

“风信的果实就快成熟了。”她望着早开的风信花，那里正有一粒青青的果实在形成。

“是哦，你都采了吧！”

耐不住风雨的花瓣凄凄地落在泥土里，耐得住的花瓣则含了泪。泪顺着叶脉滑到叶尖，亮晶晶地垂着。

爱到极致便生恨，恨到极致还是爱。

怨情 李白

美人卷珠帘，
深做颦额眉。
但见泪痕湿，
不知心恨谁。

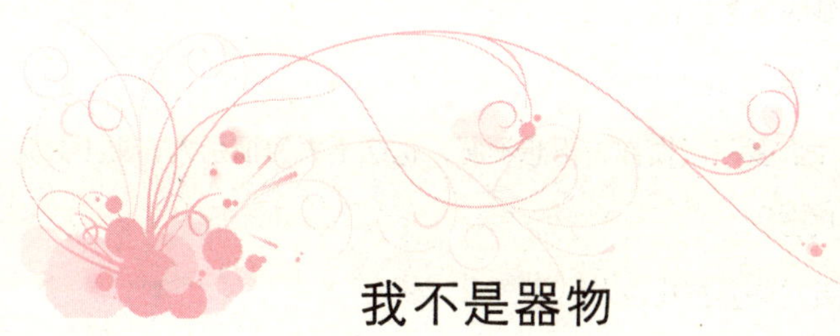

我不是器物

我恨你。

为什么把我让人？我不是一件器物。

你说她的年龄是适合我的人。我说过我不介意年龄。

你说她的美貌是衬得上我的人。我说过除了你世界上再没有美女。

你说她的地位是可以为我减轻压力的人。我说过我绝不靠媳妇在人前显贵。

你说她的性格是能够配合我的人。我说过我不喜欢前卫闹挺的女生。

我要的是女人。

你说她是跟你一样的女人。你骗人。

她没有你的气质，你的深度，你的有条不紊。

她霸道不宽容；她自恋眼里没有别人；她总是想改变人，让天下

人都按照她的意愿生存。

她让人累。

这辈子，我只习惯你，不想不愿，也绝不去习惯别人，更不会为别人改变自己。

请不要再想着把我送人。

遇见你是我一生最大的幸运。请不要把它变成最大的遗憾，最大的灾难。

离思 元稹

曾经沧海难为水，
除却巫山不是云。
取次花丛懒回顾，
半缘修道半缘君。

所有的决定都一样

林中新绿，脚下是去年的旧叶。

“多听听这嗄吱声吧，到了那边就听不到落叶了。”你试着牵我的手。

我甩开了：“这声音不是我的，我带不走一丝空气。”

“别这样，我会愧疚一生。”

那又何必，你不是在演戏？

“你如何惩罚我都行，只是别这样……”

你为什么要呈出那副无辜相？被戳伤了心的是我，你永远不会了解手术的剧痛成了我生命中的恶梦。

“我希望你参加我的婚礼，因为你是我最信赖的人。”

我不是你的新娘，你叫我以什么身份参加？

“你不希望我幸福吗？”

当然希望，可我只是你始乱终弃的过去，你追逐幸福的过程中，毁灭了我的幸福。

“我会一辈子想你……”

那又怎样？你一辈子守护的是那个把“受伤”挂在嘴上，总是一脸委屈的女人，你想与不想，我的决定都一样。

因为，我的心不想再受伤。

水龙吟 苏 轼

似花还似非花，也无人惜从教坠。
抛家傍路，思量却是，无情有思。
萦损柔肠，困酣娇眼，欲开还闭。
梦随风万里，寻郎去处，又还被莺呼起。
不恨此花飞尽，恨西园落红难缀。
晓来雨过，遗踪何在，一池萍碎。
春色三分，二分尘土，一分流水。
细看来，不是杨花点点，是离人泪。

图书在版编目（CIP）数据

爱到深处会缺氧/贾月珍著.—重庆：重庆大学出版社，2010.1

ISBN 978-7-5624-5190-7

Ⅰ.爱…　Ⅱ.贾…　Ⅲ.爱情-通俗读物　Ⅳ.C913.1-49

中国版本图书馆CIP数据核字（2009）第206219号

爱到深处会缺氧

Ai Dao ShenChu Hui QueYang

贾月珍　著

梁雨晨　插画

策划　梦唐文化

责任编辑：陈　进　　版式设计：李彦生

责任校对：任卓惠　　责任印制：赵　晟

*

重庆大学出版社出版发行

出版人：张鸽盛

社址：重庆市沙坪坝正街174号重庆大学（A区）内

邮编：400030

电话：（023）65102378　65105781

传真：（023）65103686　65105565

网址：http://www.cqup.com.cn

邮箱：fxk@cqup.com.cn（营销中心）

全国新华书店经销

重庆升光电力印务有限公司印刷

*

开本：880×1230　1/32　印张：6　字数：127千

2010年1月第1版　2010年1月第1次印刷

ISBN 978-7-5624-5190-7　定价：25.00元
